时光匆匆，往事如烟

人间欢喜哀忧一杯酒

敬过去，敬现在，敬未来

回首前尘，往事仿若一场浓香的美酒，让我如痴如醉，特别是在这万籁俱静的夜里，当银的月光洒进书房，我走至窗前仰望星空，不禁感叹：今宵酒醒何处！

王东京

今宵酒醒何处

王东京——著

天津出版传媒集团
百花文艺出版社

图书在版编目（CIP）数据

今宵酒醒何处 / 王东京著 . -- 天津 : 百花文艺出版社 , 2023.11
ISBN 978-7-5306-8668-3

Ⅰ . ①今… Ⅱ . ①王… Ⅲ . ①散文集－中国－当代 Ⅳ . ① I267

中国国家版本馆 CIP 数据核字（2023）第 192712 号

今宵酒醒何处
JINXIAO JIUXING HECHU
王东京　著

出 版 人：薛印胜
责任编辑：宋春悦
装帧设计：张　敏
出版发行：百花文艺出版社
地址：天津市和平区西康路 35 号　　邮编：300051
电话传真：+86-22-23332651（发行部）
+86-22-23332656（总编室）
+86-22-23332478（邮购部）
网址：http://www.baihuawenyi.com
印刷：北京中科印刷有限公司
开本：880 毫米 ×1230 毫米　1/32
字数：150 千字
印张：9
版次：2023 年 11 月第 1 版
印次：2023 年 11 月第 1 次印刷
定价：49.80 元

如有印装质量问题，请与北京中科印刷有限公司联系调换
地址：北京市通州区宋庄工业区一号楼 101 号
电话：（010）69590320　邮编：101118

序

我青少年时期喜欢读文学类书籍，特别崇拜茅盾、巴金、孙犁那样的大作家，自己也做过当作家的梦。而考大学时，我听班主任的建议却选择了学经济。阴差阳错，自此便与文学渐行渐远，上大学后很长一段时间，都为自己当初的选择懊悔不已。

数十年我专注于研究经济，现在回头写散文，有朋友问我是否对文学仍痴心不改，还在做作家梦。其实，作家梦早就不做了。我有自知之明，半路出家怎可能修成正果呢？只是自己一路走来，遇见或经历过一些人和事，觉得应该记录下来。当然，也算是对自己曾经的“梦想”有个交代。

文章写出初稿后，我让朋友阅读提意见。他们说，读这类文章比读我的经济专栏更轻松，很好玩。这样的评价在文学圈肯定不算高，而对我却是莫大的鼓励。说实话，我并不知道散文应该怎样写，动笔前也读过一些作家的创作谈，但我学不来。于是索性不管什么套路，信马由缰，跟着自己的感觉写。

近些年，我也读一些文学作品，但作者一定得有“才情趣”。不仅要打动我，产生情感共鸣，而且还要写得有趣。如果写得不好玩，不管作者名气多大，也不会读下去。是的，文章要有文采才好读。而我理解的文采，并非堆砌华丽辞藻，而是有幽默感。幽默感是一种天赋，与生俱来，与作者的头衔和学历无关。

读者不要误会，不是说我有多好的文采，而是在过往的岁月里，曾遇到的许多事确实充满了诗意。每当回想起来，我会哑然失笑，或是黯然神伤。我把当年所经历的那些事用文字还原出来，很大程度上是为了感恩。感恩所有在人生旅途中曾经搀扶过我，陪我一起走过来的父母、老师、同学和朋友。

本书共有“故园三千里”“一山一水总关情”“天生我材必有用”“我的老师”“夜深忽梦少年事”“与改革者同行”“围炉夜话”七章。我这里要说的是，在“与改革者同行”那一章用到了一些经济词汇，那是因为我确实找不到更贴切的话语表达，也许会给阅读带来一些小的不便，还望读者多多包涵。

子在川上曰：逝者如斯夫。回首前尘，往事仿若一坛浓香的美酒，让我如痴如醉。特别是在这万籁俱静的夜里，如银的月光照进书房，我独自立在窗前仰望星空，不禁感叹：今宵酒醒何处！

王东京

2023 年 8 月 31 日夜

于北京大有庄

目录

故园三千里

一山一水总关情

天生我材必有用

我的老师

夜深忽梦少年事

与改革者同行

围炉夜话

第一章 故园三千里

黄家台杂忆

黄家台是洞庭湖畔的一个村庄，也是我老家，历史上没出过啥大人物，不见经传，故平时也很少被人提起。可就是这个地方，却一直让我魂牵梦绕，无论走到哪里也未曾忘记过。是的，生于斯长于斯，血脉相连怎能割舍得下呢？

说到黄家台，外人多半以为是村里姓黄的人家多，或“黄家”是当地某个大户。其实，这里不仅姓黄的不多，而且“黄家”也非大户。黄家台以前叫“扯家铺”，是湘北通往湘西南的一个渡口。当年，渡口边住着一位摆渡的老人，姓黄。这老人不简单，除了摆渡还开了个商铺，与别的商铺不同，老人不图赚钱，卖货只收成本，遇上客人没钱还可赊账。这样导致老人的商铺经常入不敷出，时开时歇，于是就有人戏称他的铺子为“扯家铺”（“扯”在当地有生死挣扎之意）。后来老人过世了，“扯家铺”不复存在，为纪念这老人的功德，不知谁做主将“扯家铺”改为“黄家台”了。

关于黄家台更远的历史已无从考证，但有个传说却在当地代代相传。黄家台村后有个湖，叫珊珀湖。约600年前，珊珀湖并不是湖，而是一个住着三百户人家的村庄。据传，村里有个开鱼档的大财主，家里有个童养媳，这姑娘勤劳本分，可财主却嫌她娘家穷，常常拳脚相加。

有一天，有位童颜鹤发的老者背着一条大翘鱼从财主家门前经过，财主见财起心，硬要将鱼低价买下，老者不从，财主便大打出手，邻居也出来助阵。不料天上顷刻电闪雷鸣，风雨大作，那位童养媳正在屋里纺纱，一只狗突然钻进来叼着纱锭就跑，童养媳于是去追。狗在前面跑，姑娘在后面追，不知追了多久，只听身后“轰隆”一声巨响，整个村庄成了一片汪洋（地沉了）。

这是故老相传的故事。据说那童颜鹤发的老者是神仙下凡，那狗就是他派来救童养媳的。不必说，此故事无疑是经人加工过了。不过加工归加工，珊珀湖由地沉所致却千真万确，县志里有记载；而且珊珀湖的得名也是取自那“三百户”的谐音。加工者之所以编这样的故事，无非是警示世人善恶有报，要善待穷人。

前面说，黄家台没出过大人物。岂止是没出过大人物，30 年前连个乡干部也没出过。印象中，我祖父那辈人就没人进过学堂，除了认得自己名字，多数人大字不识一箧。可奇怪得很，村里那辈老人却个个能说会道，还满口之乎者也。当年我是村里的第一个大学生，离开老家那天乡亲们都来送行，有位大爷叮嘱说："伢儿，在外只可结交信义子，亲近儒雅人呀。"当时我听了似懂非懂，多年后在一位同乡的名片上再次见到这句话，才懂得真正的意思。

更令我不解的是，村里的老人没上过学，但不知他们何来神功，很多人对《三国演义》《水浒传》里的故事了如指掌。每到夏夜纳凉，我们小孩就会围坐一起听老人讲故事。于今回顾，我中学时能发表文学作品，应该与那时候受到的熏陶有关。可我至今想不明白，祖父那辈人目不识丁，自己看不了书怎会讲得出如此多的故事呢？莫非这些故事是来自上辈的口传？倘如此，那么往前追溯村里早年应该有过文化人呀？

的确，我老家早年是应该有文化人的。黄家台北去 30 公里，便是东晋那个"囊萤夜读"的车胤故里；而东去十多里的"书院洲"，北宋文学家范仲淹 6 岁至 12 岁在那里读过书。此说绝非我杜撰，范仲淹当年是随继父做官到的书院洲，我老家这事无人不晓。另还有个证据，不过是间接的，范公一生从未到过岳阳，可他写《岳阳楼记》却如身临其境，何解？有史家说，是因为他在书院洲生活过。是的，今天站在书院洲北望洞庭，确可感受到“衔远山，吞长江”的气势。

黄家台河湖交错，是个水乡。一方水土养一方人，故老家人通常有两大本领，一是能游水，二是会驾船。据说现在的年轻人都进城求学或打工去了，这本领是否失传我不知。记得当年我在老家时，男孩到了两三岁，父亲就会带他去下湖，而到了 10 多岁，还得学会驾船。每年粽子节赛龙舟，便是村里青年后生大显身手的日子。游泳呢，老家人一律用“狗刨式”，游姿不美但特别管用，速度快，能搏风浪。进城后我曾几次与朋友游泳，皆被笑话。我暗想，你们游姿好看有个鬼用，花拳绣腿，去游我老家的珊珀湖试试?

今天的黄家台仍默默无闻，少有游客。其实，若论自然风光那里绝对上佳。你看，西边与孟姜女故乡嘉山隔河相望；南边石龟山近在咫尺；北边黄山头尽收眼底；而东边则是连通珊珀湖与洞庭湖的大鲸港。小时候读古人“山映斜阳天接水”的词句，总觉得写的是黄家台。这还不算，到了夏天，珊珀湖烟波浩渺，渔帆点点，四围香稻，万亩荷花。三山夹一绿水，这湖光山色不是人间仙境吗？

好了，不再写了。也许是春节将近的缘故，这些天我特别想念黄家台，想念黄家台的父老乡亲，想念黄家台的一沟一坎一草一木。此刻不由得想起了白居易的《忆江南》，无限感慨：

江南好，风景旧曾谙。日出江花红胜火，春来江水绿如蓝。能不忆江南？

黄家台，你永远在我的回忆里。

2013 年 12 月 28 日

家乡的月亮

也许是临近中秋的缘故，这些日子脑海里总浮现出家乡的月亮，许多陈年旧事也跟着一起往外涌，岁月如烟，万千感慨。我来写写家乡的月亮吧。

古往今来，我们炎黄子孙对月亮似乎天生多情，你看古人写的诗：“人生如梦，一樽还酹江月”“独上西楼，月如钩”“云中谁寄锦书来，雁字回时，月满西楼”……要不是钟情月亮，这样的诗句怎可能写得出来？

人们钟情月亮，各有各的原因。《嫦娥奔月》是故老相传的故事，据说因为嫦娥，我们才有了中秋节，不过我亲近月亮并非因为嫦娥。记得有一年母亲带我和二弟赏月，指着月亮问：“看见嫦娥没？”二弟说：“嗯，看见了。”而我却怎么也不觉得月亮里的那个影子是嫦娥。

说起来，我对月亮的深刻记忆，其实是基于一种感激。小时候我就读的中学在镇上，周末回家要过珊珀湖。珊珀湖浩大无边，每次夜里坐船我总担心迷失方向，可驾船的大爷就看着天上的月亮，月亮走，我也走，一走走到家门口。于今想，那些夜晚若是没有月亮我怕是难以回家的。

是的，我对月亮的感觉就这么纯朴。当初读杜甫的诗“月是故乡明”，那时未出过远门，也没见过别处的月亮，还真以为别处的月亮没有家乡的亮。11 岁那年学校组织赴韶山参观，我看见韶山的月亮也很亮便大惑不解。问老师，老师说那是诗人托月寄怀，表达对故乡的思念。

另有一件事更有趣。20 世纪 70 年代中国台湾有一首叫《月亮代表我的心》的歌，是写爱情的，在大陆很流行。20 年前在一个晚会上听一位朋友给恋人唱，情真意切，令人感动。可当时我心底就犯嘀咕，月有阴晴圆缺，它代表的爱情靠得住吗？结果你猜怎么着，不久他们就分手了（一笑）。

这是真实的故事，当然也是巧合，不过今天我还是这么看，月亮就是月亮，它并不特定代表什么，喜怒哀乐都是人类给加上去的。我们自己悲时，看到的月亮就悲；自己喜时，看到的月亮就喜。不是吗？比如欧阳修写“月上柳梢头，人约黄昏后”的那个月亮显然是喜，而李煜写

“故国不堪回首月明中”的那个月亮就是悲。

让人奇怪的是，月亮没有情感，可我却相信冥冥之中月亮与故乡间存在某种关联，具体是何关联说不清；而且这关联要在离家很久之后才能体悟到。我 7 岁就背李白的《静夜思》，那时也曾无数次望过明月，可低头从不思故乡。你想，我天天在家待着，未曾离开怎会想家乡呢?

回想起来，有明显想家感觉还是近几年的事。年轻时拼命考学，一心想着离开，而离开后的最初几年也不怎么想家。只是人过中年后才如梦初醒，忽然间发现家乡在自己心里的分量原来是那么重。无论走到哪儿，每当看到月亮都会想起家乡，而想到家乡就会想起家乡的月亮。

北京这几天下雨，今年中秋夜的月亮怕是见不到了，想到此心中似有几分惆怅。不过不要紧，我想家乡的月亮到时会照样出来，就让我把这篇文字献给家乡的月亮吧!

2013 年 9 月 19 日

父爱如山

我从来不过西方人的节日，圣诞节究竟是哪天至今也说不清楚。昨夜赶稿睡得晚，做了一个梦，梦见了已过世十年的父亲。早晨起床打开手机，见朋友发来一首祝福父亲节的音乐，方知今天是父亲节。我速速步上凉台，面朝老家方向给父亲鞠躬。

一

父亲王松枝，字本南，职业务农，没进过学堂，但特别尊重文化人。记得小时候县里派工作组驻村，组长也姓王，人称“王同志”。这位王同志上过大学，开会讲话从不念稿，历史故事随手拈来。每次听王同志讲话，父亲总赞不绝口，那时我虽少不更事，却知道父亲望子成龙，希望我发奋读书，成为有文化的人。

我读小学一年级时开始认字，父亲目不识丁，在他眼里，我已然是家里的文化人。于今回忆，真正奠定我在家中“文化人”地位的，大概是两件事：

有一年春节，父亲带我去伯父家拜年，二堂兄比我大一岁，读二年级，两兄弟见面，伯父让我俩比识字，他拿出毛主席的《为人民服务》，让堂兄先读，堂兄结结巴巴，算是读过了。轮到我，我一口气读完，中间没磕巴。伯父一个劲地夸我，当时父亲那种欣喜，溢于言表。

其实，我认识的字并不比堂兄多。原来，我所在的小学时常广播这篇文章，听得多，该文早能倒背如流。那天与堂兄比试，我不是一字一字地读，而是背出来的。回家路上，我向父亲承认了此事，父亲并未责备我，反而鼓励我说，你是家里的文化人，以后要多背些。后来我有背书的习惯，应该与父亲的期待有关。

另有一件事，至今我深感自责。那天父亲从伯父家回来，见我写暑假作业。他围着书桌转了一圈，然后在一旁说：南京（二堂兄名）的作业一行是一行，好整齐，你写得怎像狗啃似的，上下左右都不齐？第二天要开学，我正为写不完作业发愁，没心情理他。见我置之不理，他很生气，一把将我的作业本撕了。我不禁暗喜。对他说：暑假作业被你撕了，我不写了，你去跟老师解释吧。

第二天晚饭后老师来家访，当面与父亲对质：“王东京说他的暑假作业本被你撕了，是真的吗？”父亲回答：“他写得像狗啃似的，一点不整齐。”老师说：“算术要列竖式，不能像语文作业那样对整齐。”父亲一听，顿时面红耳赤，意识到自己做了一件天大的错事。从此后，他不再干预我写作业。只要我说哪张写了字的纸不能动，他真的不会动。

多年后，父亲对此事还耿耿于怀。记得我上大学离开家的那个晚上，父亲郑重其事地对我说：“那年不该撕你的作业本，原谅我没文化。”我说：“我得感谢你呢，那时候我玩兴太大，忘了做作业，开学前一天才临阵磨枪，肯定写不完，你撕我的作业本，反而救了我。放假前老师讲过，不完成作业不仅要写检讨，还得罚站一节课。”

听我这样说，父亲将信将疑。不过从他笑容中，我感觉他已经释怀了。

二

父亲把我当文化人，在我心里，他却是我为人处事的样板。父亲大字不识一箩，可每次生产队清账，都让他参加。我十分不解，曾问过母亲：“我爸不识字，怎会让他去清账呢？”母亲说：“你爸对生产队大小事情记得一清二楚，人又耿直，所以每次清账都少不了他。”

父亲记忆力好，在村里是大家公认的；而他的为人正派、敢仗义执言更是远近闻名。在我印象中，那时候村里一旦有邻里纠纷，婆媳不睦、夫妻吵架，都会请父亲出面论公道，母亲怕得罪人，不让他出面，可父亲古道热肠，母亲总也拦不住。说来奇怪，只要父亲开口判谁对谁错，当事人双方都买账，而且冲突很快就能平息。

父亲虽不识字，但却明事理，看问题有自己的角度，可以说是我学经济的启蒙老师。绝不是说笑，小时候家里经济条件不宽裕，但比有些同学家里要好些。我 12 岁住校，母亲每周给我 6 毛钱生活费，而父亲背着母亲，也给我 6 毛钱。父亲叮嘱我，平时自己不要乱花钱，如果哪个同学买不起饭票，你可以帮他一下。

起初我照父亲的吩咐做了，帮一位同学买了饭票，可过了几天，他却不帮我买，我觉得吃亏，也就不再给别的同学买了。有一次周末回家，母亲洗衣服时发现我口袋里有 3 块钱，以为我拿了别人的钱，我却不能说出实情，出卖父亲。母亲大怒，动手就要揍我，见大事不妙，父亲出来解围，说钱是他给的，让我保管自己的学费。

事后父亲问我：“给你的钱为何没花？”我说帮同学买过饭票，可他不给我买。父亲说：“同学情谊比钱重要。

你帮他买饭票，不能要他也给你买饭票，你以后遇到什么难处，没准他能帮到你。”果不其然，后来我生病休学一段时间，那位同学每周末都把听课笔记送来我家，陪我一起做作业，由于他的帮助，我后来没有因为休学而留级。

说父亲是我学经济的启蒙老师，这话也是真的。我记得清楚，上大学听教授讲商品交换，教授说：具有不同使用价值的商品才需交换。我立刻想起了父亲关于同学相互帮助的话，心领神会。关于民间融资，也是父亲指点的。有一年堂叔家建新屋，请父亲吃饭，父亲送去一沓钱，我问父亲为何送钱，父亲说，堂叔建房钱不够，需亲戚凑。我们送钱给他，等于存银行，将来我们家建房，他会还给我们。

类似的事情多，隔三岔五就会有。比如：为何物以稀为贵、师傅带徒弟为何要学满三年才出师？他都给我讲过背后的道理。而且我每次问父亲问题，他总是寥寥数语，讲得既清楚又深刻。今天很多读者说我的文章通俗好读。我常常想，要是我父亲能识字，写文章一定好过我。

三

上大学离开老家后，与父亲交谈的机会少了。为了让我安心读书，家里有事从不对我说。每次让弟弟写信，都是报喜不报忧。他58岁那年生大病，也不让弟、妹告诉我。直到医院让准备后事，二弟才通知我。等我赶回老家，医生已停止抢救。我拉着父亲的手，大声喊他，说有很多话要跟他讲，父亲微微睁开眼睛，奇迹般地活了过来。

那次大病后，父亲好像变了一个人。听二弟讲，他每天看《新闻联播》，话也比以前多了。有一次回老家，父亲问我中美关系到底会怎样，当时台海局势紧张，我知道他想问什么，却不知如何答他，于是跟他讲，中国现在强大了，不怕美国。对我的回答他有些失望，背过身自言自语道："一个文化人，怎听不懂我问什么呢？"

2000年寒假，村里有个大学生看到中央党校招生简章，告诉父亲我当了博导。父亲不知"博导"为何物。问二弟，二弟也说不明白。春节回老家，父亲当面问我："博导是多大的官？"我说博导不是官，就是普通教授。他问："教授都是博导吗？"我说不是。父亲一脸茫然，又转身走开了。当时他肯定认为，他这个当博导的儿子思维不清晰。

互联网普及后，家乡姚乡长在网上读到我的文章，赞我写得好。父亲不认字，不知道我的文章好在哪里。正巧，那年春节我有公务，回不了老家，便邀父亲来北京过节，父亲很爽快地答应了。那天我去火车站接他，一进家门，就说要看我的文章。我有些莫名其妙，说：“你不认字怎么看？”他说：“你念给我听。”当时我正在写一篇关于耕地流转的文章，我一字一句念，他闭着眼睛听。等我念完，他缓缓地说：“嗯，写明白了，为农民说话的文章要多写点。”

也是那个春节，父亲发现了我写文章的秘密。有一天深夜，他一觉醒来，见我书房亮着灯，便来到书房，问我怎么还不睡，我说正在写文章。他看我坐在电脑前，书桌上没有纸笔，才知道我是用电脑写文章。从北京回老家后，他逢人便说，王东京的文章是机器写的。四弟的儿子当时读初中，作文总不及格。父亲特地买了一台电脑，让孙子用机器写。孙子说：“爷爷你搞错了，电脑只能打字，写不了作文。”父亲嘿嘿一笑：“那你自己写吧。”

四

可怜天下父母心。父亲希望我成为文化人，却又担心我丢掉农民本色，大学四年，每次寒暑假回家，都让我下地干农活。后来我做了教授，一回老家，父亲便让我换上他的衣服，跟他去拜访村里的老人，爷爷奶奶们见我那身装扮，又讲一口地道家乡话，纷纷竖起大拇指：“这伢儿乡音不改，没忘本呢！”其实，我压根就不会讲普通话（一笑）。

我刚参加工作不久，父亲打来电话，说村里有几位叔叔伯伯想来北京看天安门，让我招呼一下。父亲那一辈的老人，看着我长大，也曾帮过我，我欠他们很多。我对父亲说：“放心吧，我一定好好接待。”那时我无官一身轻，也不用坐班，于是我用了整整一周的时间，陪他们看天安门、游故宫、爬长城……后来父亲告诉我，乡亲们都说我有情有义。听父亲那口气，他甚是欣慰。

知子莫如父。父亲一生乐于助人，当然相信儿子也能知恩图报。2000 年后，父亲年纪大了，身体又不好，我定期给他一些钱，可每次住医院，他总是没钱。我问二弟怎么回事，二弟说他的钱都借给别人了。村里不论谁家有难事，他都慷慨解囊，连自己看病的钱也不留。我早知父亲是这样的人，也理解他为何这样做。

2014 年春，父亲最后一次住进医院，孤灯挑尽，他知自己来日不多。昏迷了两天，等我赶到医院，他又苏醒了。我和弟、妹一起陪他说话，聊一些他的往事，他精神明显差，但头脑依然清晰。到了中午，他提出要去我住的宾馆洗澡，弟、妹不让，而他十分坚持。我问主治医生，医生说照他的意思做吧。这样，我带他到了宾馆。

进了房间，他让弟、妹退出，关上房门，此时我才明白他要交代后事。父亲对我说："你是长子，这次住院费用全部由你出。"还说："你每年给过我不少钱，但村里某某家遭了大难，乡里乡亲，我不能不帮，借出去的那些钱，就不要让人家还了。"最后还叮嘱说，他没有给母亲留下生活费，让我一定要照顾好母亲。

看着父亲的眼神，我泪如泉涌，频频点头。一个月后，父亲走了，享年78岁。出殡那天，乡亲们自发赶来为他送行，一位大伯泣不成声："本南，你是大善人呀，怎么说走就走了呢？"父亲是个农民，平凡而普通，看到这么多乡亲敬重他，我泪水止不住流下来。

父亲在世时，从未说过爱我之类的话，但他深沉的爱，我能真切地感受到。而让我追悔莫及的是，对父亲，我也没说过爱他的话，不知父亲能否明白我对他的爱。不过我想好了，下次回去，一定把藏在心底里的这句话在父亲坟前说出来。

2023年6月18日

妈妈的味道

不记得曾经在哪本书里读到过："人的味觉是有记忆的。"一点不错，我离开家乡近 50 年了，口味至今不改，仍独爱湘菜，对螃蟹、生蚝等海鲜之类，毫无兴趣，每次去江浙一带出差，总让服务生给我上盘剁椒炒鸡蛋，不然我不会吃得开心。

其实，湘菜是分地域的，衡阳的"湘菜"，就不同于湘西的"湘菜"；而省城长沙的"湘菜"，也不同于常德的"湘菜"。而在我看来，天下最好吃的"湘菜"，还是在我老家黄家台。准确地说，是我母亲做的"湘菜"，这大概就是所谓"味觉记忆"吧。

有一次在长沙，路过一家餐厅，见招牌上"妈妈的味道"几个大字，我眼前一亮。不知是谁出的点子，但我肯定这家餐厅的老板很会做生意，简短五个字，一下子就吊起了我的胃口。可惜那天与朋友有约，未能大饱口福。而那个招牌，却让我念念不忘。

很多人感叹：故土难离。我想过这个问题，其实，人们舍弃不下的，并不单是那片土地，还有自己血脉相连的亲人，当然也包括妈妈饭菜的味道。我自己便是如此。早年离开家乡来外面读书，并不怎么想家，但时不时会想起妈妈做的饭菜。

说说我母亲吧。在我之前的文字中，不曾写过母亲。好多次要写，可千言万语不知从何处下笔。母亲是典型的农村妇女，小时候随外公行船运货，到过不少大码头，算是有些见识。嫁给父亲后，生养了我们六兄妹，勤俭持家，相夫教子，十里八乡有口皆碑。

我小时候对母亲的印象，是她能说会道，即便是骂我，也骂得生动。有时我在外闯了祸，必遭母亲一顿骂。可与别人的妈妈不同，别人的妈妈顶多骂孩子“你这个该死的”，而我母亲则骂“你这个剁八块的”。死了还要剁八块，是不是很生动？长大后与母亲闲聊，我说你真会骂人。母亲矢口否认，说从没骂过我。

对母亲的另一印象，是饭菜做得好。那时候除了过年过节，平日只吃自家种的瓜果蔬菜。可母亲像变戏法似的，能做出好多花样：干锅炝白菜，芝麻炒青椒，萝卜炖豆腐，铡辣椒糊小鱼，顿顿不同，特别是那道“鸡蛋糯米丸子”，能够吃出“肉”的味道来。

在计划经济年代，物质供应短缺，买啥都凭票。每月我们家只有两斤“肉票”。有一天，母亲让我和二弟去供销社买肉，特地交代不要买瘦肉。可我和二弟想吃瘦肉。二弟说：“将在外军令有所不受。”两人一商量，决定还是买瘦肉。回到家，母亲火冒三丈，指着我和二弟骂：“你俩蠢得要死，蠢得像猪。”

原来，家里炒菜的油不够用，母亲想买些肥肉回去炼油。可我们哪里会懂这些。自此之后，买肉的事母亲不再让我们兄弟插手。记得好长一段时间，我们家没吃过肉，每月只能吃些“油渣”。不过，母亲用“油渣”炒韭菜，也是一道不错的美食。

我老家在洞庭湖区，河湖交错，水多鱼也多。母亲烧鱼有绝技。曾听母亲说过，她烧鱼是外公教的，而外公是跟他爷爷学的，这样算起来，母亲的手艺属祖传。小时候我看过母亲烧鱼，可母亲认为男孩不必学做饭，而我们兄妹中，前四个皆是男孩，也都没学到她的手艺。

我有个妹妹，排行老五，是母亲手艺的唯一传人。照理说，妹妹做的饭菜应该不错。事实上，在我们这个大家庭里，妹妹的饭菜也是做得最好的，可我却吃不出妈妈饭菜的那种味道。有一次，我忍不住对妹妹说：“你做的饭说到『鸡蛋糯米丸』，我眉飞色舞，表情夸张。母亲一直望着我，小声对我说：『你也过了花甲之年，离开家太久了，下次你一个人回来吧，我做饭给你吃。』

说到“鸡蛋糯米丸子”，
我眉飞色舞，表情夸张。
母亲一直望着我，
小声对我说：
“你也过了花甲之年，
离开家太久了，
下次你一个人回来吧，
我做饭给你吃。”

菜没妈妈做的好吃。”妹妹怼我：“你神讲哦，是妈妈亲手教的，怎么会不一样？”

我问坐在身边的母亲：为何没把祖传手艺传给自己的亲闺女？母亲说：“不是不传，是传不了。”看我一脸愕然，她解释道：做菜的诀窍，一靠食材，二靠火候。可现在炒菜不烧柴火，煤气灶、微波炉不好把握火候。并遗憾地说：“我现在也做不出从前的饭菜了哟！”

母亲已 87 岁高龄，儿孙满堂。大约 10 年前，做年夜饭她便不再亲自掌勺，退到了“二线”。可我去年回家，不经意地跟她提起小时候饭菜的味道。说到“鸡蛋糯米丸子”，我眉飞色舞，表情夸张。母亲一直望着我，小声对我说：“你也过了花甲之年，离开家太久了，下次你一个人回来吧，我做饭给你吃。”

记忆所及，好像母亲从未对我说过那样温馨的话。我是家里的长子，兄弟姊妹又多；而母亲一直把我当吃国家粮的文化人，衣食无忧，很少操心我。她一番话，让我感动。后来弟、妹告诉我：“别看母亲嘴上不说，对你才偏心呢。只要听说你要回家，她提前好几天就准备你爱吃的饭菜。”

眼泪差点流出来，脑海里涌现出孟郊的诗：

慈母手中线，游子身上衣。

临行密密缝，意恐迟迟归。

谁言寸草心，报得三春晖。

愿天下母亲福寿绵长！

2023年8月8日

梦里故乡

少小离家老大回，乡音无改鬓毛衰。
儿童相见不相识，笑问客从何处来。

离别家乡岁月多，近来人事半消磨。
惟有门前镜湖水，春风不改旧时波。

这是唐代著名诗人贺知章写的《回乡偶书二首》，我小时候读过，也背过，不过那时候读诗主要是认字，意思似懂非懂。想来也是，自己没有离开过家乡，怎会有贺知章那样的感受呢？

屈指算，自1979年上大学，我离开家乡迄今已有40多年了。其间也回去过，但都是看望父母，而且每次皆来去匆匆，对那片土地上发生的改变，没太留意过，再加上平日公务缠身，行南走北，忙忙碌碌，当然体会不到贺知章当时的心境。

然而奇怪的是，父亲离世后，我发现自己对故乡有了陌生感。大前年，我卸任中央党校副校长，进入“半退休”状态，算是告老还乡，回了趟老家，在村口我遇到一位青年后生，与他闲聊起来。我问后生：你认识我吗？他摇头：不认识。我报出家父的名字，他说知道我，我问他父亲是谁，小伙子挺机灵，直接告诉我他爷爷是谁。原来，他是我小学同学的孙子。

就在那一刻，我忽然想到了贺知章的那两首诗，心底里产生了强烈共鸣。对我自己来说，岂止是儿童相见不相识，就连村里 50 岁左右的中年人，也不相识。可不是吗？当年我离开家乡时，他们不过是几岁的少年，而我长年漂泊在外，如今偶尔回家，当然会把我当异乡客。有感于此，不免有几分落寞。

第二天，我让二弟陪我去小时候读书的小学以及经常玩耍的几个地方看看。二弟说，那些地方早变样了，学校原址上，已建了村部，原来沙坡上的那片果园，也改成宅基地，盖了房子，只有珊珀湖变化不大，差不多是老样子，陪你去珊珀湖边走走吧。

珊珀湖我当然要去。读中学时，总坐船过珊珀湖。那天我和二弟徒步来到湖边，放眼望去，晴空万里，浩瀚的湖面在阳光照射下鳞波闪闪，一下子，我仿佛回到了童年。我兴奋地问二弟：原先坐船的渡口在哪里？他指了指不远处，我却看不到一点渡口的影子。行人栈道不在了，驾船的大爷也不在了。

漫步在新修的沿湖大道上，我又想起了自己之前的一篇文章。文中写道："到了夏天，珊珀湖烟波浩渺，渔帆点点，四围香稻，万亩荷花。"该文是我凭儿时记忆写的。今天的珊珀湖，周边已建成大大小小的鱼塘，当年的万亩荷花，已经不复存在了。

大约 10 年前，有位读者写信给我，告诉我他也是从老家走出去的，大学毕业后，分配到了云南某山区的水电站工作，并说读了我的那篇文章，让他特别想念家乡，想念珊珀湖。不知这位游子后来回去过没有，要是看到这方土地上的变化，是否也会发出"惟有门前镜湖水，春风不改旧时波"的感叹呢？

近两年，我回家乡的次数多了，可有件事让我纳闷：自己明明回到了家乡，夜里却总是梦见家乡。这事我曾给一位研究心理学的朋友讲过，他解释说：人到了一定年龄，一般都会怀旧。你虽回到了家乡，可那里已经物是人非，与你记忆中的家乡有太多的差异，所以，你会在梦里还原以前家乡的模样。

朋友的解释应该是对的。的确，故乡不只是个地理称谓，她承载了我童年时代所有的欢乐与憧憬。而我梦里的故乡，就像一幅有些发黄，但依然清晰的旧照片，里面不仅有父母那一辈人、有教过我的老师，还有与我朝夕相处、一起嬉闹的伙伴。在梦里，他们是那样生动，那样有趣。太太说，我梦里有时会笑出声来。

是呀，那是一段多么难忘的时光啊！每年春天来了，看莺飞草长；夏日里，听风吹稻浪。而到了夜晚，家家户户在澧水河大堤上摆上竹床，大人们在一起谈收成；我们小孩则去听陈大爷讲《水浒传》《西游记》里的故事。每次讲到关键处，陈大爷便说“请听下回分解”。我们一个个捶胸顿足，不肯散场。

我就读的小学，校舍简陋，但老师皆有真才实学。有位叫张端云的老师，城里人，会说普通话，朗读课文抑扬顿挫，大家特别爱听她讲古诗词。施益树老师是本村人，县一中毕业回村教书，不到20岁，长得英俊，文体活动样样皆精，与我们亦师亦友。我上大学后还有通信，后来听说他得了肺病，英年早逝，深以为痛！

我的那些小伙伴，除了我，似乎都有独门绝技。有个叫姚黑儿的，绰号“水上漂”，另一同学外号“草上飞”。当时家里穷，饥饿难耐，于是合计去偷地瓜。按照分工，每次他邀我们同学出去玩，我都会带上盐巴，等他抓到鱼，破肚洗净，便用干茅草生火烤，那鱼的味道真叫一个香，那场景，在我梦里反复出现，恍如昨天。

每次他邀我们同学出去玩，
我都会带上盐巴，
等他抓到鱼，破肚洗净，
便用干茅草生火烤，
那鱼的味道真叫一个香，
那场景，在我梦里反复出现，
恍如昨天。

我负责望风，“草上飞”去地里刨，“水上漂”在湖边候着，结果被队长发现了。“草上飞”拔腿就跑，迅速将地瓜传递给“水上漂”。“水上漂”一下漂出几十米，队长追到湖边，对着姚黑儿一顿骂。

还有一个姓施的同学，小学跟我同班。抓鱼的本事堪称一绝。鱼在水中游，他在岸边走，瞅准时机，他一头跃入水中将鱼捉起来，几乎没失过手。每次他邀我们同学出去玩，我都会带上盐巴，等他抓到鱼，破肚洗净，便用干茅草生火烤，那鱼的味道真叫一个香，那场景，在我梦里反复出现，恍如昨天。

朋友，以上就是我梦里的故乡。于今半个多世纪过去了，沧桑巨变。家乡当然要跟着时代的脚步往前走。其实，当我看到村里那一排排别墅式民居、门口停放着汽车，我内心是欢喜的，只是儿时的记忆，总也挥之不去。是的，“思变”与“怀旧”原本就是一对矛盾，这也许是我们这代人需要付出的代价吧。

往事已成追忆，归去来兮！

2023 年 7 月 2 日

何日再相逢

离开家乡40多年了，午夜思回，梦里依稀，我想起了小时候一起上学、玩耍的伙伴。脑子里记得的仍是他们天真调皮的模样。岁月不饶人。现在皆已年过花甲，应该当了爷爷或奶奶。有时我会想，那些伙伴是否还会偶尔想起我来呢？

我在《梦里故乡》一文中曾提到过“水上漂”与“草上飞”，其实我那些小伙伴，各个身怀绝技。有一位郭同学，有表演天赋，读小学时就被一家剧团选去参演过《智取威虎山》，会武术，一口气能做20多个“空中翻”；学校摔跤比赛，他一对三，我们也拢不了他的身。有一次，我与一个高年级同学发生了肢体冲突，他闻讯赶来，对方便立马溜之大吉。

可惜有一次考试，他把“千万不要忘记阶级斗争”的

“不”字漏掉了，被学校勒令退学。读中学后，我再没见过这位郭同学，后来他是否还继续从事表演，也不得而知。那个年代发生这样的事，是不幸的，他为此付出了巨大代价。那天他背着书包一个人离开教室的场景，还历历在目，当时我特别想送送他，对他说一些安慰的话，但又不敢。于今想来，深以为憾。

记得有一位姓陈的同学，大我几岁，住一个村，但不在一个班，我们也时常一起玩。他读书成绩不太好，却痴迷于美术，画画无师自通。我见过他自己制作的一副扑克牌，那上面的图案，简直可以以假乱真。后来他被派出所捉去了，老师说他胆大包天，偷偷画假钱。同学们好奇，想看看假钱是啥样子，老师眼睛一瞪：你们想跟他学坏？

“劳教”几个月后，他被放出来了。后来听说他画的不是真钱，是冥币。回家后，他父亲不允许他再碰画笔，没有学上，无所事事，整天在村里东游西荡。再后来，听说他到外边打工去了，有人说去了一家煤矿挖煤，也有人说在建筑工地当包工头。历史不能假设，而我总是想，如果当时有人指导他走正道，没准他今天是一个大画家。

我们班有一位女同学，不仅长得好看，背书的本领也无人能敌。我在学校以背书闻名，而她更能背。眼睛像照相机似的过目不忘。一首诗给她，她能原封不动记下来。

老师平时总表扬我，她不服气。有一天她叫我去沙坡（学校南门外的沙滩）比背诗，我不甘示弱，单刀赴会，同学在一旁起哄，说她找我约会，她羞得面红耳赤，从此不再与我说话。后来因为她父亲被打成“反革命”，没上得了中学。

我上大学后，曾向同学打听过她，同学说她已嫁到了外地，据说日子过得不太好。我为她感到惋惜。当然不是因为她嫁给了别人，而是我知道当年同学起哄，是他们使的计策，担心我比赛输给她。其实我自己清楚，比背诗，我不是她的对手。如果她有机会继续上中学，参加高考我恐怕考不过她。

读到中学一年级，别的同学玩兴有所收敛，而我和本村几个同学却玩兴依旧。有时自习时间，我们一起溜出去游水抓鱼。班长是个女生，总去老师那里告状，我们挨了批评，也想整治她，可又想不出办法。有位同学坏主意多，他说：你去告诉老师，班长给你写情信。我说：这办法不行，老师要看信不就穿帮了吗？他说：你告诉老师，信已经退给她了不就行了吗？

大家认为这办法不错，一致推举我担此重任，理由是他们学习成绩不好，老师不会相信班长给他们写信。我也觉得有道理，于是我大着胆子，去老师那里告状。可是老师不相信，把班长叫来与我对质。班长来到办公室，老师问她是否给我写过信，她矢口否认。我说，把信都退给你了，你当然可以赖账。

秀才遇到兵，有理说不清。她气得直哭，从此以后，无论我们做什么错事，她再也不告状，遇到我们几个，就像躲瘟神一样迅速跑开。记得毕业前夕，我想当面给她道歉，可她见我如见仇人，完全不给我机会。往事已矣，如今追悔莫及。在这里，我要郑重地对班长说一声：当年是我年少荒唐，实在对不起！

在我的小伙伴中，有一位很多年我也不肯原谅他，上大学时他给我写信，也没有回过他。于今想来，其实是我自己小题大做。事情是这样的：中学时老师让我们学生写大字报，是学校交代的硬任务。每人都得写。我不知道写什么，那位同学出点子说：可以给食堂打菜的师傅提意见，每次打菜，明显给他同村来的学生打得多些，而给我们外村的学生打得少些。

这位同学说的是实情，在场的几个同学也都赞成写。并由一位书法好的同学执笔，写好后让大家签名。我第一个签了名，他和其他三位同学也跟着签了，晚上我们将大字报贴到了食堂墙壁上。可第二天早晨去食堂打饭，大字报只剩下我们的名字，那位同学的名字被抠掉了。我很恼火，认为他不仗义，要与他断交。

之后无论他怎么解释，我也不与他交往。2000 年春节我回老家，他约几个同学要来我家见面，被我婉拒了。后来父亲知道后对我说：人非圣贤，谁能无过，你怎么不能放下那些陈芝麻烂谷子的事呢？他抠掉自己的名字，也没有伤害到你呀？父亲一句话点醒了我，这些年我为此事确实反思过，也颇自责。

这是 40 多年前的往事了。当年的小伙伴，如今已天各一方。有的参军去了云南安家；有的为了生计远赴新疆。原先留在老家的，后来也随着儿女进城去了。欧阳修写的“别后不知君远近，触目凄凉多少闷”，也是我此刻的内心写照。人生苦短，我当年的小伙伴何时能重逢呢？

2023 年 7 月 20 日

他乡是故乡

当年我从老家出来求学，第一个落脚的地方就是武汉，并在那里生活了 9 年。对武汉这座城市来说，我只是匆匆过客；而对我来讲，武汉既是他乡，也是故乡。毕竟那 9 年是自己风华正茂的时期。掐指算，离开武汉迄今已 35 年了，现在每次到武汉出差，朋友问去哪，我仍会脱口而出："回武汉。"

说起来，武汉给我的最初印象，并不是太好。那年我上大学第一次去武汉，从长沙坐火车到武昌，走出车站，已是夜里 10 点多。举目无亲，便到车站旅馆打听去中南财大怎么走。旅馆服务员说：现在太晚，没公交车了，你先住一晚，明早再去吧。我信以为真，只好住下来。可第二天早晨一看，学校就在对面不远处。

头一天到武汉，就被人蒙了，让我这个乡下伢子感觉很不爽。心想，大城市的人怎会这样不实诚呢？要是在我老家遇见有客人问路，乡亲们一定会给他指点清楚；实在说不明白，还会直接把客人送到目的地。此时，我想起了临行前母亲叮嘱我的话：伢儿，自己当心点，在家千般好，出门万事难呀！

不过在武汉 9 年，这是绝无仅有的一次。而且后来我发现，武汉人待人其实很真诚，也很豪爽。人们常说“天上九头鸟，地上湖北佬”，我认为这并不是讲湖北人的坏话，而是说湖北人商业意识比较强，不像我们湖南人那样认死理。正因为湖北人脑子灵光，善于变通，武汉成了一大工商业重镇。

我视武汉为第二故乡，因为自己对这座城市确实有归属感。我是湖南人，可心里的故乡并不是省城长沙，甚至不是老家的县城，而是那个叫“黄家台”的村子。然而武汉不同，每次到武汉，就觉得回家了。有朋友说，你太太是武汉人，爱屋及乌吧？应该有关系，但不全是。事实上，在我未成家之前，就有了这种感觉。

于今回想，我亲近武汉，大概是武汉的饮食特别符合我的胃口。人到了一个陌生地方，要是不习惯那里的饮食，肯定受罪。当年从北京来的同学，吃不惯食堂的饭菜，整天没精打采，而我却像进了天堂似的。红烧肉、莲藕炖排骨、肉末雪里蕻、虎皮青椒等，全是我的最爱。入学时，我体重仅109斤；而毕业时到了124斤。

当年在武汉，我是一个穷书生，大饭店的饭菜味道怎样我不知；而路边摊上的各类小吃，我喜欢得很。8分钱一碗的热干面，再配上两个面窝、一碗甜酒水，我觉得可胜过天下所有美味。直到今天，我还时常邀朋友去北京"九头鸟"（菜馆）相聚，吃上一碗地道的热干面，真能找到那种回家的感觉。

我亲近武汉的另一原因，是爱听武汉人说话。我完全听不懂长沙话，但却能听懂武汉话。武汉话音律带节奏感，像朗诵诗一样，特别有味道。武汉人总爱说"咯八妈的"，起初我以为是骂人，其实只是句口头禅，也是常用的开场白，表示他要说话了。在非正规场合，无论高兴或者沮丧，皆从"咯八妈的"这句说起。

我今天不会讲普通话，应该是与在武汉生活过有关。我班上有个从长沙来的女生，不会说普通话，上课老师提问，她用长沙话回答，老师不知所云，惹得同学大笑。可不到一学期，她却能讲一口纯正的普通话。而我说话老师能听懂，同学也不笑话我，没有压力，到今天我乡音未改，讲的还是老家话。

多年前，我在中央党校给学员讲课，湖北的学员听我口音，认定我是武汉一带的人；而湖南的学员，则断定我是湖南常德人。下课后他们向我本人求证。我对他们说：你们都没说错，我老家是在常德市下面的一个村；而我又在武汉待过 9 年，而且我太太是武汉人，至少可以算得上是半个武汉人吧。

在武汉生活的 9 年，的确改变了我很多。我们那届高考，英语不计分，学英语我下的功夫不多。上大学后，老师要求我们自学“新概念英语”，我一听就慌了。对同学说：我“老概念”都没学过，怎学得懂“新概念”？同学说：你真是老土，哪有“老概念英语”？新概念英语是训练听力最基础的课程。

之前我没见过老外，也真没觉得英语重要。武汉九省通衢，到处是外国游客。有一次在黄鹤楼，一位高鼻子蓝眼睛的游客要问我些什么，我一句也听不懂。幸好旁边同学帮我解围，当时真觉得自己没用。知耻而后勇。于是决定攻克英语关。先将“新概念”背下来，天天听录音，一台录放机用坏了，“新概念”也就听懂了。后来多次出国访问，英语帮上了大忙。

另有一件事，也让我特别震撼。20 世纪 80 年代中期，武汉柴油机厂聘请德国人格利希当厂长，消息传开，立即轰动全国。当时我想，一家国有企业让外国人当厂长，武汉的头头脑脑要有多大的担当？后来，国有外贸公司破产，首例也在武汉。对武汉敢第一个吃螃蟹的做派，我深为叹服，也颇感骄傲。

武汉留给我的，当然不止这些。那里不仅有为我传道授业的老师、亲如兄弟的同学，还有我太太的一家人，特别是我岳父李旭老师，曾开小灶为我辅导英文，待我恩重如山。而我从 19 岁到 28 岁在武汉度过，有多少值得回忆的青春往事？应该可以写一本书吧。只是我现在尚未想好怎样写，但迟早会写出来。

前些日子，我的学生李赐犁博士到武汉出差，发回一张在粮道街一家餐厅排队买热干面的图片，看见那场景，我浮想联翩，仿佛又回到了当年。我想好了，等写完手头这本书稿，就动身回武汉去。

2023 年 7 月 22 日

一山一水总关情

第二章

草原踏歌行

第一次听《蓝色的蒙古高原》，是 20 年前。当时我真的被震撼到了。“望不尽连绵的山川，蒙古包像飞落的大雁，勒勒车赶着太阳游荡在天边，敖包美丽的神话守护着草原。”听着听着，我的思绪在空中飘舞，随着悠扬的马头琴声，飞向了草原。

说来奇怪。我从小生长在南方，但冥冥之中却觉得自己与草原有缘。我是个音乐盲，不识谱，五音不全，读大学时同学们唱邓丽君的歌，我爱听，自己却一首也不会唱。可对草原歌曲，却无师自通，只要听上几遍就能唱，而且不用看歌词。

更奇怪的是，我不会喝酒，平日滴酒不沾。可到了草原，则可大块吃肉，大碗喝酒，就像是土生土长的草原汉子，喝醉了往草地上一躺，一觉醒来接着再喝。朋友说我平时不喝酒是假装的，我无言以对，因为解释不了到了草原为何可以酩酊大醉。

说回 20 年前吧。那次我从北京飞沈阳，坐汽车经通辽、进兴安盟，在阿尔山歇了一夜，次日清晨便乘大巴车直奔呼伦贝尔。一路上，草原渐次铺开，仿如一片蓝色的大海，微风吹过，草浪翻卷，无边无际。我被眼前的景象惊呆了。情不自禁唱起“望不尽连绵的山川……”，车上游客打着节拍，一起唱起来。

呼伦贝尔草原确实很美。我家乡在洞庭湖平原，也是一马平川，但感觉上，却没有草原那样辽阔；我也曾多次在太平洋、大西洋岸边看海，大海很美，却不像草原那样让人感觉安宁。草原的美，动中有静，带有些许的苦意与沧桑感。朋友说，在草原一脚踏下去，就可能是千年一踏；而随意一躺，也可能是千年一躺。

我是因为喜欢草原歌而去草原的。汽车一路疾驰，窗外不远处，有一蒙古包披红挂彩，看上去是在举行婚礼，而马头琴声却如泣如诉。我不解，问开车的司机大哥是啥歌曲。他停下车，只听女中音唱道：

鸿雁展翅向南方，芳草低头躲秋凉，含泪告别阿爸阿妈，孩儿出嫁到远方。云雾缭绕在草原一路上，草原渐次铺开，仿如一片蓝色的大海，微风吹过，草浪翻卷，无边无际。

一路上，
草原渐次铺开，
仿如一片蓝色的大海，
微风吹过，
草浪翻卷，无边无际。

上，秋风吹来花凄凉，含泪告别众乡亲，今日出嫁到他乡……

原来，是一首《送亲歌》，音律低沉，倾诉着离别爹娘和乡亲的不舍，听者无不为之动容。忽然，音乐一转，又传出欢快的《雕花的衣柜》：

新衣柜雕着花，吉祥云图围绕着它，象征着我们俩结合在天地间，组成一个家。哎，让衣柜紧靠在蒙古包的正面哈呐，祝福新炉灶，炊烟袅袅连彩霞。但愿人长久，世世代代兴旺发达……

此情此景，让同行的一位北京小伙子情不能已，独自在草原上狂奔起来，嘴上大喊一个姑娘的名字，引来游客大笑。我问他那姑娘是谁，他自知失态，又遮掩不住，承认是一位他想追求却没敢表白的女孩。我说：你回去唱《雕花的衣柜》给她听吧。

抵达下榻的宾馆，已是傍晚时分。一位大学同学从广东来海拉尔开会，比我先两天到，会上他又遇见另两位校友。我拉着行李箱往里走，他们在大堂交谈甚欢。见我进门，三人迎上来，接过我的行李箱就往外走。我说先上房间放下行李吧。广东的那位同学说：老同学难得在草原碰面，还是先去喝酒吧。

驱车大约半小时，来到郊外一处草场，马头琴声从不同方向传来，仿佛置身于音乐的海洋里。我们走进预订好的蒙古包，见桌上已摆上羊肉、奶酒，我声明不胜酒力，只能做做样子。老同学哪管这些，给每人倒上一大碗，自己先一饮而尽，我只好舍命陪君子，一口喝下去。

那是我头一次大碗喝酒，可不知为何连干三大碗却没醉。我暗想，莫非酒逢知己千杯少？应该不是。之前每次与同学聚会，几小杯便会醉倒。酒过三巡，一位在扎兰屯马场当过场长的朋友就着酒兴说：教你们唱一首草原歌《牧人》吧？我们拍手叫好。他站起来，清了清嗓子：

> 一辈子放牧摸黑又起早，马背上失去了青春却不曾知道。放过羊群放过马群，放过了风沙也放过了风暴。最爱喝的是烈性的酒，最爱唱的是蒙古的长调。只要喝了酒只要唱起歌，大树也压不垮大风也刮不倒。

旋律太感人了，歌词也写得好。我们跟着他唱，草原汉子那种豪放、豁达、勤劳、刚毅的形象在脑海里浮现。

我们完全陶醉在自己的歌声里，一遍遍唱，直到半夜才离去。

第二天吃过早餐，我们相约去看“那达慕大会”。上午9时许，开幕式准时启动，国旗队、蒙古马彩旗队、牧民马队依次亮相，气势壮观；接着是文艺演出：蒙古长调《鸿雁》和《美丽的草原我的家》、马背合唱《草原升起不落的太阳》、独唱《呼伦贝尔大草原》等相继出演，将开幕式推向了高潮。

伫立在茫茫人海中，我强烈感受到蒙古族儿女对草原这种深情而真挚的爱，是存在于基因里的。也在那一刻，让我想到了台湾著名作家席慕蓉。席慕蓉是蒙古族之后，可她46岁前从未见过自己的家乡。1989年第一次回到内蒙古，她长跪在草原上，声泪俱下，写下了那首《父亲的草原母亲的河》。其中一段是：

> 如今终于见到这辽阔大地，站在芬芳的草原上我泪落如雨。河水在传唱着祖先的祝福，保佑漂泊的孩子找到回家的路。啊！父亲的草原母亲的河。虽然已经不能用母语来诉说，请接纳我的悲伤我的欢乐。我也是高原的孩子啊，心里有一首歌；歌中有我父亲的草原母亲的河。

朋友，听到这种撕心裂肺的呼喊，你有何感想？而我认为，要是作者血脉里没有基因记忆，不可能有如此浓烈的乡愁；若对草原不是苦苦思念，这样感天动地的诗句也不可能写得出来。

光阴荏苒，一晃20年过去了。往事并不如烟，那次草原之行，于今历历在目。写到这里，已夜深人静，我推开门窗，仰望满天星斗，似乎又听到了从草原传来的歌声：

> 草原在哪里，草原就在你的目光里；草原在哪里，草原就在我的心里；草原在哪里，草原就在你的生命里；草原在哪里，草原就在我的梦里……

是的，草原永远在我的心里，也在我的梦里！

2023年7月29日

东山行游记

上周赴漳州讲学，提前到一天，本来答应市党校巩校长第二天一起去南靖看土楼，可晚饭时东山县县长黄水木却一个劲地动员我去东山，水木12年前曾在中央党校读研，听过我的课，算是我的学生，今天当了县长，自然要跟老师展示一下治理一方的本领。人之常情，亦盛情难却，于是我改变计划决定去东山。

东山是一岛县，地处福建的最南端，与广东汕头接壤。那天早饭后我们从漳州宾馆出发，驱车一个多小时抵县文博馆。先看了一个3D短片，之后水木又对着沙盘做了讲解。说实话，令我印象深的就两句话：一句是“一岛一城市，一岛一景区”，即东山要联动发展城市与旅游；再一句就是那个短片的结束语：“一百年干一件事，打造国际旅游岛。”我特别赞赏这后一句，因为它让我强烈感受到了东山人的执着。

出了文博馆，下一站要去游海滨景区，这些年我行南走北，大海看得多，总觉得大同小异，于是我问水木，去海边看什么？他说可看“关帝庙”和“黄道周纪念馆”。东山的关帝庙我当然知道，名扬海内外，也是台湾诸关帝庙的祖庙。而我到过山西运城，运城是关公的家乡，我想运城的关帝庙不会逊于东山吧？于是二选一，我选了黄道周纪念馆。

黄道周何许人？今天的年轻人未必知道。当年我是听中学历史老师提起过，知道他是抗清英雄。后来我练书法读书帖，方知他不仅是个英雄，也是了不起的书法家。你知道徐霞客怎么评价？说他“字画为馆阁第一，文章为国朝第一，人品为海内第一，其学问直接周、孔，为古今第一”。甚至乾隆也称这位抗清英雄为“一代完人”。

到达黄道周纪念馆，已是上午 11 时，阳光明媚，海面辽阔，而纪念馆就正好建在海边上，据说还是明代崇文书院的原址，童年黄道周也在此读过书。该馆占地约一千平方米，仿古建筑，红墙绿瓦，拜台上立黄道周塑像。塑像后为中堂，匾额上有刘海粟题写的“节义千秋”四个大字。中堂石柱上镌有黄典诚和陈寿祺所赠对联，放眼看，蔚为壮观。

这里要说的，是我在纪念馆受到的震撼，有两点：一是黄道周的刚正。前半生他算是平步青云，可后来为了救抗倭辅臣钱龙锡连奏三疏，结果惹得崇祯大怒而将其官降三级。一般人也许就此作罢，可黄道周就是黄道周，他接着连上三十疏，直到最后官职革尽。而到了晚年，清军来犯，还是这个黄道周，他自请募兵北上抗清，被俘后咬指血写绝命书："纲常万古，节义千秋，天地知我，家人无忧。"想想，这是何等忠烈的一个人！

另一点是他的博学。黄道周一生著述颇丰，涵盖经、史、论、易、礼、乐、诗、书等十多类，且无一不精。同为读书人，我不知他怎可以把学问做得如此登峰造极，难道世上真有天才不成？拿书法说，我在纪念馆看的是复制品（原作收藏在故宫博物院），很显然，他楷书学的是钟繇，但比钟繇更飘逸，有王羲之的意蕴。而行草则运笔古朴，转折方健。可谓字如其人，一看就像黄道周。

此次游东山，还看了两处奇观值得说。一是一块裂开的巨石（钓鳌台）。说这块石头奇，是它裂开的时间太巧。怎样巧法？旁边石碑记述如下（凭记忆只是大概）："1992年5月19日，下午3点21分（即猴年猴月猴日猴时），丽日当空，突然一声沉响，地动山摇，浓烟升腾，晃如劈山救母，石猴出世，钓鳌台訇然中裂，一分为二，蔚成一线天奇观。”至于为何那么巧，各路专家的解释众说纷纭，至今还是个谜。

就在这巨石的不远处（约30米）还有一石，名“风动石”，状若玉兔，而底部与石面贴合不足30厘米，一旦狂风吹来，它就像兔子晃头晃脑，摇摇欲坠而不坠，故因此得名“风动石”。听导游小姐介绍说，当年抗日战争期间，日军见此石奇特，曾将缆绳系于石上，用军舰开足马力想把它拖倒，可哪知钢丝绳断成几截，而风动石却岿然不动。有人说这石头宣示着我中华民族的凛然大节，而我想到的却是黄道周。

行色匆匆，转眼就到了午后，用过午餐，水木又陪我去看了两家企业，由于要急着赶回漳州，结果许多名胜（如戚继光、郑成功的屯兵遗址，古炮台，东门圣水“罗汉泉”等）没看成，返程途中，我一直想着再找机会重游东山。是的，东山实在太美了，38公里的海湾沙白林绿，天蓝海碧，而且那里还有那么厚重的历史人文。

朋友，你想去东山一游吗？去吧！东山人好客，现代交通也方便，坐飞机到厦门，往南一个多小时车程便到。

2011年6月5日

惊喜郴州行

在未去郴州前，我对郴州的印象来自王维、韩愈写郴州的诗：偏远而孤寞。读秦观的《踏莎行・郴州旅舍》，也是这种感觉。15 年前我到过郴州，那是“冰灾”后不久，又时值深秋，落木萧萧，满眼萧瑟，对郴州的印象没有改变。

上周再去郴州，是应市委书记吴巨培之邀，给当地官员做经济讲座。我与巨培相识多年，而且同为读书人，彼此惺惺相惜。他知我做完讲座后只在郴州停留一天，便亲自替我安排了行程，虽是走马观花，但此次郴州之行却让我惊喜不已。

首先让我惊喜的，是湖南最大规模的大数据中心在郴州。那天中午，我从长沙转高铁到郴州，一下火车，宣传部贺部长说：先去看东江湖大数据中心吧。我以为自己听错了，问道：看大数据中心？她说：是的，看大数据中心。我暗自纳闷，大数据中心怎会建在这么偏远的东江湖呢？

驱车 40 多分钟，便到达东江湖大数据中心。听中心负责人介绍，该项目是由湖南电信和云巢信息科技共建，总投资 12 亿元，并与华为和世纪互联合作，接入了省骨干宽带网 5000G，已开始为企业、政府提供云存储、云计算等增值服务，待项目全部建成后，年销售收入将达到 13 亿元，税收每年将在 1 亿元以上。

听过介绍，又参观机房，可我心里的疑团并未解开。于是我问：大数据中心为何要建在东江湖？一位工程师解释说：东江湖水温很低（4—8 摄氏度），就地取水散热冷源，PUE 可低于 1.2。相对于电力制冷，一年可节约用电 2.6 亿度。相当于年节约标煤 8.9 万吨，减少二氧化碳排放 27.7 万吨。

并非事后诸葛亮。其实我也想到了东江湖应该有某种资源优势，可以降成本。自己以研究经济学为职业，怎会不知道企业投资是以最小成本争取最大收益呢？然而我没想到东江湖水温如此低。那天我受益匪浅，也刷新了我对郴州的印象。

我是湖南人，读中学时就知道郴州是革命老区。1928

年 1 月，朱德和陈毅领导的队伍在这里发动过湘南起义，莽山上那条通往天台寺的“朱德小道”今天尚在。1934 年秋，红军长征路过郴州，留下了许多红色遗址或文物。那天听当地人讲“半条被子”的故事，让我泪水流下来。

于是我突发奇想：能否利用这些红色资源带动当地经济发展？我的困惑是：外地游客来郴州参观红色景点（遗址、文物）通常不能收费（卖门票），而红色景点的维护修缮却需要支付成本，那么怎样为红色资源设计出“盈利模式”呢？

与巨培书记一起晚餐时，我提出了这个问题。巨培说，现在每年来郴州红色旅游的游客络绎不绝，对发展当地经济确实是一个巨大的商机。目前市委、市政府的思路是，通过招商引资发展市场化旅游业，为红色旅游提供配套服务。

我听明白了他的意思。他是说，红色景点虽然不收费，而游客到了郴州却要吃住行，若将市场化“旅游业”发展好，便可间接收费。用经济学行话讲，是委托市场化的“旅游业”收费。此举一石二鸟，相得益彰，可促进当地旅游业的长远、可持续发展，于是又给了我一个惊喜。

是的，郴州确有发展旅游业的优势，毗邻粤港澳，又有东江湖、仰天湖草原、莽山等天然旅游资源。不过让我惊喜的还不是这些，而是他们发展旅游业的创意。东江湖其实并不大，比我老家的珊珀湖小得多，而其宣传语是：“神秘的华南明珠。”东江湖究竟如何神秘，你是否想去看一看？

莽山海拔 1900 米，山势陡峭，中老年游客大多会望而生畏。可你猜宣传语是什么？“一座不用爬的山。”不用爬怎么上山？是不是很容易勾起游客的好奇？还有更绝的，仰天湖草原是近几年新开发的，其推介语是：“揣着梦想去仰天湖草原赶风。”朋友，在酷暑难耐的季节，你能对“赶风”不动心吗？

此次郴州之行，一路所见所闻完全改变了我之前对郴州的印象。去年，郴州的 GDP、居民收入增速等经济指标位列全省第一；众多高科技企业纷纷在此投资落户；湖南省第二届旅发大会也将于 9 月中旬在这里召开。沧海桑田，郴州早已不是秦观笔下的那个郴州了。

郴州之行有遗憾吗？当然有。从北京出发前，我就想着去秦观当年住过的那间旅舍看看，可到郴州后四处打听，却遍寻无踪。看来旅舍是不在了，但遗址肯定在，郴州地方志应该有记载，如果有人肯投资在原址上重建，花 1000 元住一晚我不会犹豫。

另一点遗憾，也是有感而发。北宋周敦颐曾在郴州写下了千古名篇《爱莲说》。我在返京去机场前，特地参观了“周敦颐纪念馆”，纪念馆大厅立着周敦颐塑像，两边悬挂“吾道南来原是濂溪一脉，大江东去无非湘水余波”的长联，气势恢宏。可惜纪念馆只有周敦颐的生平介绍和几篇文章影印图片，略显单薄，而且游客也不多。

就我个人而言，旅游并不只是看风景，背后要有历史人文，没有故事的名山大川，我一般不会去。听说始建于宋嘉定十五年（1222 年）的汝城濂溪书院还保存完好。下次到郴州，我一定去那里感受一下。

2023 年 7 月 28 日

茅山奇观记

到南京讲学，桑学成老弟尽地主之谊，盛情款待。他知我到过南京多次，城里可看的地方皆去过，于是邀我去他老家句容走走。我问：句容有什么看？学成说：有“茅山三怪”。我问：哪三怪？他笑着说：我先卖个关子吧，保准你去了不会后悔。

好奇心人皆有之，我当然也有。多年前，我曾在福州见到过一处“怪坡”，汽车熄火后，它会从低处往高处自动滑行。后来有朋友告诉我，那不过是人的错觉而已，其实，汽车仍是在从高处往低处滑动，并画图作了解释。我现在也相信是自己的错觉，可至今还是不明白“怪坡”为何会给人造成这种错觉。

是的，大自然的确很神奇。我老家村后有个湖，是600年前地沉后形成。记得小时候夜里下暴雨，雷电交加，偶尔能听到狗吠鸡叫的声音。我是学经济的，对自然科学知之不多；我堂兄在大学里学物理，30 年前，他用声学、光学原理给我解释，我却如坠云里雾里，只记住一句：那是自然现象，并非鬼神。

说远了，言归正传。那天我们坐汽车去句容，到达第一站是茅山道院。学成是当地人，轻车熟路，直接带我进了道院顶宫陈列室。见道长和游客在说些什么，我拱手致意，道长稍停片刻，然后接着说：宋徽宗赐予茅山共八件珍宝，由于战乱连连，有四件已经失传，现在所陈列的只有玉印、玉符、呵砚、玉圭四件了。

我看不出这四件宝物有何特别之处，只有那方“呵砚”有破损痕迹，心想，这背后莫非有什么故事？我请教道长，道长说：呵砚长 9 厘米，宽 4.4 厘米，高 1 厘米，状如水晶，呵气即可添笔写字，滴入几滴清水，砚内可现一对小鱼，忽隐忽现，栩栩如生。我使劲看，呵砚凹面有两条小鱼依稀可见，但并不清晰。

道长说：呵砚凹面中间原本有一条子午线，一对小鱼随太阳移动也跟着游动，中午或半夜穿过子午线，从一端游到另一端。游客一旁“啧啧”称奇，希望道长能让我们见识一下。道长说：明太祖朱元璋当年来游茅山道院时，他孙子不小心将呵砚摔成两半，拼接起来后，小鱼不再游动了。游客又一片“哎呀”惋惜。

走出道院，我还在为呵砚被摔而遗憾。学成说，我们去看茅山三怪吧。大约步行 20 多分钟，便来到了“喜客泉”。泉池四周挤满了游客，只听不时爆发出笑声和掌声。走近一看，是一股泉水在池中涌动。我见池面不大，对学成说：喜客泉与济南趵突泉相比，简直是小巫见大巫，那些游客干吗大呼小叫呢？

学成告诉我：此泉非彼泉。喜客泉有灵性，能与游客互动。没有游客时，泉水不会涌。而只要游客在池边高喊几声“喜客泉”，泉水便立即涌起，宛如一妙龄舞女，游客掌声越大，泉水就涌得越欢快。我将信将疑，于是大喊一声“我来了”，果然泉水涌动起来。游客在一旁鼓掌喝彩，泉水好像是“人来疯”，越涌越大。

看到此情景，我想到了城里的“音乐喷泉”，问学成：喜客泉下面是否安装有“声控装置”？学成断然否定。他说，据句容县志记载，喜客泉迄今已有 1000 多年历史，那时候怎可能有声控技术？想想也是。可喜客泉的泉水为何要喊才出来呢？我百思不得其解。

离开喜客泉，我们又来到了万宁宫。露天的老子神像巍峨耸立，神情盎然，据说，这是世界上规模最大、最高的老子神像，高 99 尺（1 尺约 0.3 米）、重 106 吨、用

226块青铜拼接而成。在神像下面的台阶上，有赵朴初书写的“道法自然”四个大字，再往下，则是“睹星门、三天门、太极、道祖”等四大广场。

我这里要说的，并不是神像高大，而是神像的另一奇观。1998年11月6日上午，句容市为神像落成举行了开光典礼，而就在当天夜里，一群马蜂在神像左手掌心筑起了一米多长的窝巢。起初，工作人员担心马蜂伤及游客，便将蜂窝移除。可马蜂又连夜筑起了窝巢，这样反复多日皆如此，最后工作人员只好作罢。

朋友，你对这现象怎么看？我听到当地人有一种说法：是马蜂将老子当成了守护神，为求得庇佑，所以蜂拥而至。此说法正好与道教“尊重生命”的思想暗合；而另一种说法，认为此现象是好兆头，预示着将来茅山的游客会如马蜂般纷至沓来。说实话，我不太认同上面的说法，可我也不知原因是什么。

茅山之行的最后一站，是苏南抗战胜利纪念碑。之前学过党史，比较了解这段历史。1938年5月，根据党中央的指示，新四军在陈毅、粟裕等的领导下，东进苏南敌后，建立以茅山为中心的苏南抗日根据地。苏南抗日将士浴血战斗五千余次，毙伤俘敌四万多名，七千将士壮烈捐躯。苏南抗战胜利纪念碑，就是为纪念这些牺牲的将士设立的。

神奇的是，纪念碑于 1995 年 9 月 1 日建成，而两年后的大年除夕，当地居民在纪念碑前放鞭炮，上空却响起了军号。开始人们以为只是偶然现象，后来又试过多次，皆屡试不爽。于是一个关于新四军小号手的故事不胫而走。故事说，是这名新四军“小号手”显灵，他看见革命胜利了，吹军号欢庆胜利。

不止一次听过这个故事。眼见为实。那天我也买了鞭炮在纪念碑前燃放，空中真的响起“嘟嗒哒嘀嘀嗒”的声音，和我在电影里听到的军号一模一样，鞭炮燃放完后，军号声还在山谷里回荡。学成说，原先纪念碑广场南侧有两排营房，那时放鞭炮，不仅空中响军号，营房那边还会传出“哒哒哒”的机枪扫射声。

此次去茅山，我算长见识了。回到北京已经好几天，可脑子里总想着三大奇观，日思夜想，自己也说不出个子丑寅卯来，于是写下这篇“奇观记”，希望有专家学者能帮忙解释一下。

2011 年 9 月 10 日

西江苗寨行

漫漫古道千里长
悠悠苗乡古道旁
巍巍雷公山清水江的水呀
歌声甜来米酒香
远方的客人尝一尝
迷人的风景古老的故事好地方

朋友，听过这首歌吗？这就是脍炙人口的《醉苗乡》，歌中唱的正是贵州西江千户苗寨。因为喜欢这首歌，不久前我曾专程到那里一游。虽然只是四小时的勾留，但那里的人、那里的景以及那里的歌舞与那里的酒，都给我留下了深刻的印象，说终生难忘绝非夸张。

那天我们乘车穿行于崇山之间，一路上，导游不停地给大家介绍苗寨。据传，苗族原本生活在黄河中下游，是蚩尤部族的后人。当年因为炎黄部族的征讨，蚩尤部族战败而南迁到长江流域。商周时期，由于战乱不断与百越入侵，他们又退至四川。再后来到了蜀汉，诸葛亮南征，苗族被迫迁徙到了云贵一带。讲到风土习俗，导游说，苗族人非常好客，能歌善酒，会说话就会唱歌，会走路就会跳舞，能喝水就能喝酒……

听着导游的讲解，我脑子里却一直想着另一个问题，西江苗寨地处深山，30 年前那里不通公路，更不可能通铁路，没有路他们怎样与山外交往呢？若无交往，那又是怎样的一种生存状态？照说，长期与世隔绝应该是充满孤寂与苦涩的，可恰恰相反，他们却是一个极其热情开朗的族群。那么，究竟是什么铸就了他们这种豁达的性格？

我是带着这个疑问走近苗寨的。上午 10 点，我们一行在离苗寨约一公里外下车，穿过一个小镇，一个巨大的山门立马映入眼帘，上书“西江千户苗寨”6 个大字。山门后是一广场，广场上鼓乐齐鸣，近百名身着盛装的青年男女载歌载舞欢迎我们这些八方来客。好家伙，我当时真被那场面惊呆了，虽然工作在京城，可这阵势并不多见。

等醒过神，我迅速地打量了一下这个寨子，原来，这是一方河流谷地，清澈见底的白水河穿寨而过，河流两侧，是郁郁葱葱的群山。而山坡上，一排排吊脚楼依山而建，随地势起伏鳞次栉比。往远处看，一片片曲线田层层叠叠，在太阳照射下五光十色。啊，这不是一幅优美的“农耕风光图”吗？再看山顶，白云飞渡，炊烟袅袅，云雾中几幢木楼若隐若现。触景生情，我忽然想到了杜牧的“白云深处有人家”。

名不虚传，苗寨果然很美。进了寨子，正好赶上苗族歌舞表演。表演者看上去是当地农民，年轻的不到 20 岁，老者至少在 70 岁以上。虽然不是什么大腕名角，但那可是一次真正的文艺大餐。芦笙大鼓，精美服饰，激情歌舞，一个个让人目不暇接。多数歌（用苗语唱）我听不懂，可看舞姿表情我能明白，他们是在表达甜蜜的爱情、劳动的欢乐和丰收的喜悦。尤其是那旋律，就仿佛是从那山地里长出来，是如此的质朴、如此的原生态。

这次在苗寨，我不仅观赏了歌舞，也领教了苗寨人的酒量。那天中午，我们随导游沿白水河来到一家农家餐厅用餐。大家围着一条长桌坐下，菜很丰盛，有腊肉、腊肠、酸汤鱼，以及各类山野菜，正想饱餐一顿，不料一群苗族姑娘抱着酒坛过来献歌（其实是劝酒），她们一边唱一边给客人敬酒，我不胜酒力，见势不妙就想躲，可哪知没起身就被姑娘们围住了。她们唱着：“阿表哥端酒喝，阿表妹端酒喝，管你爱不爱喝都要喝。”没辙，我只好仰头一口闷下去。

说到敬酒，苗寨的规矩还真多。第一，客人不能站起来，站起来罚三碗；第二，客人手不能碰碗，碰碗罚三碗；第三，对歌不能对错词，对错词罚三碗；第四，歌声不断酒不断，歌没停你喝酒不能停，不然还得罚三碗。这是说，在苗寨做客你只能坐以待“喝”。你想，规矩是人家定的，歌词也是姑娘们现编的，就算李白再世也怕难以对上。席间有位年轻的同事想开溜，结果人没溜掉，反而被罚了三大碗。

也许是酒精发挥了作用，只觉得头晕乎乎。神奇的是，我之前的疑问似乎一下子找到了答案。我想，苗族同胞之所以热情炽烈，怕是与遗传基因有关吧！他们的艺术细胞是天生的，音乐才情又长在骨子里；再加上苗寨住着一千户人家，自成一个小社会，尽管相对封闭，但有了歌自然不会孤寂。是的，他们在田间劳作会唱歌，青年男女约会会唱歌，家里来了客人也唱歌。一个能歌善酒的民族怎会不奔放呢？

从餐厅出来，陪同的县委书记邀我们去茶楼饮茶。我问书记：现在苗寨人均年收入多少？书记说：之前人均年收入两千元，这几年开放旅游，人均年收入涨到六千元。我再问：苗寨外出打工的多吗？书记答：很少，因为现在来苗寨的游客很多，农民开饭店收入不菲，再加上粮食蔬菜自己种，这里环境、空气、水又都比城里好，衣食无忧，他们觉得没必要背井离乡。

下午4点，是约定的返程时间了。想到要离开苗寨，心中不免有几分遗憾。听贵阳的朋友说，苗寨最美的是夜景，而这回夜景显然是看不到了。再有就是这次来苗寨没有学会一首当地的歌。不是不想学，而是苗语歌听不懂，实在学不来。我曾几次试图给书记建议出苗语歌的汉语版，但怕对方为难欲言又止。敢肯定，苗族歌若能用汉语唱，一定会风靡神州。

汽车发动了，我们挥手与苗寨告别，这时司机打开了音响，是苗族女歌手阿幼朵演唱的《苗家美》：

要说苗家有多美
不用写诗和作画
你看那阿妹打油茶阿哥打糍粑
只唱山歌不说话
……

再见了，美丽的西江千户苗寨！

2011年7月26日

走进西藏

终于等来了去西藏的机会，在我心目中，西藏是一方令人神往的福地，遥远而神秘。而从拉萨归来的朋友说，青藏高原缺氧，有人可能会不适应，并说北京某大学一位年轻教师没出机场就原机返回了。我特地去医院做了体检，医生说：问题不大。机会难得，无论如何我也不能放弃这次机会。

那天我从北京飞成都，拟于次日清晨 6 点飞拉萨。先在机场附近一间旅馆住下来，晚上 7 点左右，旅馆服务员就通知大家说，拉萨那边氧气稀薄，飞拉萨的旅客要早点关灯睡觉，不要看电视，以免打扰别人休息。我是个“夜猫子”，不习惯早睡，躺在床上翻来覆去睡不着，满脑子总想着拉萨的“氧”。

凌晨 4 点，刚有些睡意，预定的闹钟响了，我匆匆起床洗漱完毕，就往机场赶。登上飞机，找到自己的座位坐下，我想补一下觉。可飞机升空不久，只听一片欢腾声，睁眼一看，原来是几个老外正对着窗外拍照。我不经意地往外看，飞机好像是擦着雪山顶在滑行。这景象我从未见过，也一起欢呼起来。

一个多小时后，飞机便在拉萨贡嘎国际机场停稳。从行李架上取行李箱，感觉轻了很多。下了飞机，我便健步如飞朝出口方向走，接机的朋友见到我大声喊：别跑那么快，慢些走，小心缺氧。我说：昨晚一夜没睡，现在仍然精神抖擞，没事。边说边把行李箱高高举过头顶，证明自己没有高原反应。

坐上汽车，往拉萨市走。朋友说拐过前面那座山，就进城了。我盯着不远处的山，估计也就 10 分钟车程，可结果走了快 40 分钟也没拐过去。我好生奇怪，问朋友：那座山明明就在眼前，咋总到不了？朋友说：西藏的距离感与内地不同，看上去很近，其实很远。所谓望山跑死马，在西藏就是这样子。

上午做讲座，下午又在市内转了转。回宾馆吃晚饭时，突然一阵头晕。朋友有经验，赶紧让我回房间躺下，说我高原反应开始了。他给我两个选择：一是房间有氧气袋，可以吸氧缓解一下，但每天会离不开氧气袋；二是自己扛一扛，适应了也许就好了。我说：我扛一扛试试，晚饭不吃了，先睡一觉再看吧。

一觉醒来，已是凌晨1点。头不再晕，也有了饥饿感。我推开窗户，看见好多“灯泡”挂在空中，似乎用竹竿就能戳到。我不由自主地惊叫起来，住隔壁的朋友跑过来，问怎么回事，我说窗外挂了很多灯泡。他笑着说：那不是灯泡，是天上的星星。我感慨：星星离人这么近，难怪人们说西藏是人间天堂呢！

第二天用过早餐，去参观布达拉宫。布达拉宫是一座宫堡式建筑群，始建于公元7世纪。17世纪五世达赖喇嘛时期重建后，成为政教合一中心。主体建筑分白宫和红宫，主楼13层，由寝宫、佛殿、灵塔殿、僧舍组成。当我们徒步来到这里，只见身着藏袍的教徒，三拜九叩，沿石阶匍匐而上，他们对佛神的虔诚，让我感动。

看到这情景，我想到了毛主席的一句话。1958年，毛主席到湖北视察，在召集当地干部座谈时，他问参会的官员信不信上帝，大家面面相觑。毛主席说，你们不信我信，不过这个上帝是人民。他还说，若把人民惹翻了，我们非垮台不行。是呀，我们的官员如果都对人民保持虔诚，哪会有贪官污吏呢？

参观完布达拉宫，我赶往林芝做另一场讲座。汽车穿过危耸的皑皑雪山、辽阔的高原牧场，音响里播放着由张千一作词作曲、李娜演唱的那首《走进西藏》：“走进西藏，也许会发现理想；走进西藏，也许能看见天堂。呀拉索，走进雪山；呀拉索，走进高原；呀拉索，走向阳光……”

阳光分外透明，洁白的云朵在空中徐徐移动，令人心旷神怡。翻过一座山口，司机停车让我们休息。朋友问我：那个山口海拔 4300 多米，你没感觉吗？我说：刚才我想抽烟，感觉打火机打不着火，当时陶醉在美丽的风光里，好像没太难受。朋友说：没提前告诉你，就是怕你有心理负担，知难而退。

汽车继续前行。一路上，我又发现了一个奇异的现象：公路两侧，不时能见到有羊皮或鸡蛋等实物堆放在那里；另一处，还见到有几张 100 元的人民币用石头压着，无人看管。心想，是谁会这么大意呢，自己的东西和钱随便放在路边而忘了拿走？可转念一想，这应该是当地牧民某种特殊的习俗吧。

我问朋友：这是当地什么习俗？朋友说：这不是什么习俗。当地牧民将羊皮放在路边，过路进城的司机会帮他带到城里卖掉，换成鸡蛋、盐巴或者钱，返程时再放回在原来的地方，天黑后牧民自己会取走。我说：牧民就不担心被人顺手牵羊吗？朋友说：从未发生过这样的事，这里的藏民特别淳朴。

“路不拾遗”，今天在内地恐怕不容易见到了。而我在西藏，却听到不少类似的故事，而且有亲身感受。我之前胃不太好，吃过不少西药，只能减轻症状，总好不了。那天在林芝，朋友带我去看藏医。医生为我做完检查，给我一包黑色药丸。我问多少钱，他说：这种药材不贵，是自己制的，你给 10 元吧。

回北京后，我吃完那包药丸，胃真的不痛了。为巩固疗效，我又汇去 50 元钱，希望再买一个疗程的药。后来汇款被退回来了，那位医生留言说：“药不可多吃，半年内要少吃生冷食物。”看着汇款单上那行写得工工整整的留言，我感慨万千。

此次西藏之行，仅逗留了 3 天，很多地方也没有去，虽是走马观花，而给我留下的印象却终生难忘。去过西藏的朋友，应该也有这种感受吧。

2000 年 7 月 19 日

与沧源有个约定

上次去云南沧源县，是 2006 年，迄今已 17 年了。近些日子整理调研笔记，不由得想起一些往事。那时我在中央党校任经济部主任，和几个教授到沧源考察新农村建设，后来写过一篇《鸡肉烂饭的故事》，据说为沧源招去过不少游客。我在这里旧话重提，可不是打广告，而是想到了当年的一个约定。

在地图上看，沧源是西南边陲的一个小县，以澜沧江之源而得名。40 年前，有首《阿佤人民唱新歌》家喻户晓，唱遍神州。阿佤人民，就是居住在这里的佤族同胞。沧源与缅甸接壤，站在县宾馆推窗南眺，“金三角”近在咫尺。沧源没经历过封建社会，新中国成立后，佤族同胞从原始社会，直过到社会主义。

沧源山川秀美，物产丰富。可 10 多年前，这里还是国家级贫困县，人均年收入仅千多元。当时县委余书记在中央党校学习过，听过我授课，有师生情分。那次正好是他接待我们。他乡遇故知，我们的交谈也就少了场面上的客套。当天晚上，就农民如何致富，开门见山，我俩进行了一次直问直答式的对话。

我问：群众不能致富的梗阻在哪儿？他答：当地老百姓观念滞后。我问：何为观念滞后？他答：靠天吃饭，温饱即安。我问：人都会追求富裕生活，为何老百姓不想致富？他答：习惯了“吃大锅饭”。我问：为何“吃大锅饭”积重难返？他答：佤族群众从原始社会直过而来，没有私产，缺乏市场意识。

我问得简单，他答得明白。要不是亲眼所见，你很难相信佤族同胞没有私产的说法。在沧源考察，身临其境，我们发现佤族群众不仅生活极其俭朴，而且几乎没有私产。在内地，住房算是一项重要私产，可佤族人盖住房，只为遮风避雨，从不大兴土木。

我们走访了几个佤寨，当时农民住房的简陋程度，外人的确难以想象。由于房子不值钱，农民自己也不把住房当财产看。陪同我们的一位乡长告诉我：佤族群众盖房子都要当天盖完，如果当天盖不完，就会弃之不用，第二天再找别的地方重新盖。

在内地，住房算是一项重要私产，可佤族人盖住房，只为遮风避雨，从不大兴土木。

在内地，
住房算是一项重要私产，
可佤族人盖住房，
只为遮风避雨，
从不大兴土木。

农民没有私产，当然不会有市场交换。我似乎有些明白了佤族同胞为何要吃“大锅饭”。陪我们下乡的临沧市委宣传部杨部长，给我们讲过当地一个有趣的习俗。在佤族寨子里，要是有谁家杀了猪，全寨老少都会不请自到，而且一顿吃光，不留剩余。

而在场的那位乡长补充说：其实在我们佤族寨子里，不仅宰猪要大家一同吃，就连杀只鸡，也得全寨人一起分享。我不知一只鸡怎可让众人分享，问乡长。他说：我们佤族人的办法是，煮上一大锅稀饭，然后把鸡肉熬在稀饭里。这样见人有份、绝对公平。

对这种“大锅饭”分配，我和几位同事既觉得新奇，又匪夷所思。回到宾馆后我们一起研讨，结果大家一致认为，在产品没有剩余的情况下，似乎找不到一种比“鸡肉烂饭”更好的制度安排。而且佤族人世代繁衍，生生不息，正得益于这种分配方式。

有一天下午，我们去翁丁佤族村，准备参加在那里举办的篝火晚会。到寨门前下车，放眼望去，四周是茂盛的榕树、竹林及高大的树木；公路两旁有碧绿的田野，因常年云雾缭绕，当地人称为“翁丁”（佤语为大朵白云）。近处看，杆栏式楼房、牛头寨门、祭祀神林、剽牛桩，让人有一种来自远古的神秘感。

晚上8点多，村民身着佤族服饰，开始歌舞表演，而最震撼的，是声势浩大的拉木鼓，那木鼓击打出的原生态音律，沧桑而激越，表现出佤族后人对祖先的神圣崇拜。而那些反映佤族同胞喜怒哀乐、上山打猎、下河捉鱼、进新房等日常生活的歌舞，也是妙趣横生，让我们这些外来客笑得前仰后合。

晚会的高潮，是甩头发舞，那些年轻的佤族女子，齐腰长的头发一个个甩起来，伴着音乐的节奏，前后左右整齐划一，顷刻间，只见姑娘们将头发一起在空中立起来，好像有人遥控似的，观众报以热烈掌声。我们同去的一位女老师激动得也上了场，可头发怎么也甩不起来，连声说：太神奇了，太神奇了。

在回驻地的路上，同事说，这样的表演应该上央视“春晚”。而且认为沧源的新农村建设，应该从发展文化旅游入手。第二天要回北京，当晚我约余书记见面，对他谈了我们的建议。他十分赞同，说县里已经有了这方面的规划。并与我约定：你们3年后再来吧，那时一定会让你们看到一个新的沧源。

不想3年后，我工作岗位有了变化，余书记也调离沧源去了腾冲，约定未能兑现。不过，这些年我一直关注沧源，每有临沧的学员来党校学习，我会去打听沧源的情况。据我所知，目前沧源城镇居民年收入已达 24800 元，农民人均达到 9700 元。更为可喜的是，去年到沧源旅游的人数已超过 380 万，旅游成了一大特色产业。

大约 8 年前，我在腾冲遇见了余书记（时任保山市委副书记），和他谈起当年的约定。他说：你写的那篇《鸡肉烂饭的故事》，我还时常拿出来看，现在沧源已发生翻天覆地的变化，等我们退休后，再一起去那里走走吧。我问：这算是新的约定吗？他说：当然是。我们拉手话别，异口同声道：君子一言，驷马难追。

沧源是一定要去的。什么时候去好呢？记得曾听余书记说过，沧源的秋天是最美的季节，我们就相约秋天在沧源见吧。

2023 年 8 月 10 日

天生我材必有用

第三章

时来风送滕王阁

中学时读王勃的《滕王阁序》，对背后的故事颇感兴趣。那一年，王勃从山西江津出发，坐船南下去看望父亲，行至马当山，遇见一慈眉善目的老者，老者告诉他，洪都滕王阁修缮竣工，阎都督将于明日大宴宾客，邀天下才俊为其写序，你何不前去试试？

王勃面带难色地问：这马当山距洪都少说也有七百里，一夜间如何赶得到？老者说：你只管动身，其他莫问。于是，王勃命船工赶紧开船。顷刻间，风起帆张，仿若大雁展翅，于次日清晨到达洪都府，并写下了《滕王阁序》，年仅 25 岁的王勃，一举成名。

朋友，读了这个故事，你首先想到了什么？是王勃的才学还是他的运气？不瞒读者，我想到的是王勃运气好。要是没遇见那位老者，王勃不会知道那次盛会；而没有老者的“神助”，一夜间绝对赶不到洪都。而到不了洪都，王勃纵有满腹经纶，也写不出那千古名篇。

我相信有“运气”这回事，可不是迷信。“风送滕王阁”是否真有其事，我不知道；现在的科学恐怕也解释不了，但科学解释不了，未必就是迷信。说我自己的经历，要是没有一点运气，我早就去了另一个世界，今天不可能坐在这里写文章。

6岁那年，我一个人去湖边玩耍，湖区的小孩都爱玩水，见小鱼儿在水里游来游去，我扔小石子逗它们玩，一不小心，滑进了湖里，当时不会游泳，我拼命挣扎，心想完了，今天会死掉。幸运的是，大舅正好从此路过，将我救起来时，我已奄奄一息。

回到家，我惊魂未定。父亲担心我吓出毛病，抚摸着我的头，安慰说：没事没事，大难不死，必有后福。那时我年纪虽小，但知道“后福”是好事，当然没想到发财升官，我当时最大的心愿，是期末考试题我全会做，我不会做的题，一道也不会考。

果然心想事成。那次期末考试，语文和算术我得了双百分。本来有一道题没复习到，而考前半小时，有位同学找我对答案，我一看这道题考的可能性极大，便带同学去问老师，老师说答案对。结果还真考了这道题。请问：这不是运气是什么？

读到中学，记得是一个周六的下午，我和表弟在镇上闲逛，看到了澧县一中的招生告示。澧县一中是名校，我与表弟决定去报考。表弟成绩好，志在必得；而我化学成绩不成，那年老师做实验出过事故，之后每次上课我都心有余悸，总想着逃跑，自己明显有短板，对考澧县一中，我并无多大把握。

可是我运气不错。第一场考语文，作文题是“人生能有几回搏”。作文我平时练习多，算强项。略加思考，提笔便写。写至一半，我发现监考老师站在身后，心想我没作弊，盯着我干吗。两小时一到，铃声响起，大家纷纷交卷，而监考老师却把我的考卷直接拿走了，我诚惶诚恐，不知发生了什么事。

吃过午饭，监考老师和校教导主任来宿舍找我，告诉我作文写得不错，如果愿意改学文科，其他科目就不用考了。这简直是天上掉馅饼，我连说：“愿意，愿意。”我自己清楚，如果再继续考下去，化学那一科必考“砸”无疑。见好就收吧。就这样，表弟考了五科，而我只考一科也顺利地进入了一中。

回想平生，自己的确很幸运。参加工作后，仍然好运连连。1992 年来中央党校任教，次年评上副教授。而我怎么也不会想到，1994 年能评上教授。事情是这样：校委决定在全校破格晋升一名 35 岁以下的教授，条件是有学术专著和 8 篇论文。说来也巧，1993 年我被派去香港作学术交流，写了一本书在北京出版，论文也够数。说实话，那年我当上教授纯属无心插柳。

怎么解释这现象呢？我有个同学，是著名财政学专家。最近几次见面，他大谈“量子纠缠”，我听不太懂。大意是，意识也可以决定存在。比如某现象，人们观察它时，它就存在；若不观察，它就不存在。隔行如隔山，我不敢妄加评论，而却让我想到了“运气”那方面去。

照我理解，一个人是否认为自己运气好，是一种“意识”，若相信自己运气好，运气就真的会好，若认为自己是个倒霉鬼，就会诸事不顺。你可别不信。当年报考宋涛老师的博士生，20 多人报名，只招一人。到招生办报到时，临时告知要考《资本论》，考生们一听，走掉了一大半。而我坚信自己有好运气，全力以赴，通宵达旦读《资本论》，最后我金榜题名（一笑）。

古人云：有志者事竟成。“志”者，志向、信心也。信心从哪里来？当然得相信有好运气。自信满满，才可能放手去搏，百折不挠。不过古人也说：生死由命，富贵在天。这样看待人生，我觉得过于消极。其实，古往今来逆天改命者大有人在。远的不说，任正非创业之初可谓举步维艰，几近破产，可他却不言败。若任总无足够自信，恐怕不会有今天的华为。

在我老家有一习俗：大年初一，大家见面要拱手作揖，互道祝福，特别忌讳“死、病、灾”等不吉利的言辞，即便别人欠你的钱，也不能去催。不然坏了人家的运气，会与你不共戴天。这习俗代代相传，千古不易。看来，我们的祖先是非常看重运气的。

是的，相信自己运气好，保持乐观心态，就会积极进取；反之，则容易怨天尤人、自暴自弃。“时来风送滕王阁，运去雷轰荐福碑。”这话是《增广贤文》里说的。我的解读是，当好运来临时，则应抓住机遇，行一番大作为；若躺平坐等，错失良机将会抱恨终身。这并不是说教，当与读者诸君共勉！

2023 年 8 月 1 日

背书的往事

我小时候背书的事，没想到在老家会成为口口相传的佳话。多年前，读小学的侄子问我：大伯，你读小学时是不是能背很多书呀？不知他为何这样问，我一头雾水。站在一旁的父亲怕我答错，赶紧解释说：学校老师给学生讲你背书的故事，让他们好好读书。

父亲一语点醒，我心领神会。反问侄子：老师给你讲了什么故事呢？侄子说：老师讲你从小读书特别用功。放学回家就写作业，写完作业就背书。还说夏天夜里蚊子多时，你就装一桶水，把双腿放进水桶里读书。我不记得有这样的事，但理解他老师的良苦用心，便顺水推舟地说：是的，用很大的水桶。

后来父亲告诉我，自我考上大学后，村里乡亲们为了教育自家的孩子，讲过不少我发奋读书的故事。我问父亲：他们讲的是真事吗？父亲说：管它是不是真事，又不是讲你坏话。此时我这才恍然大悟，村里后生考上大学后为何要写信感谢我，说我是他们追赶的榜样。原来，是那些故事激励过他们成长。

现在回想，当年读小学时，自己并不是最用功的学生，不过能背书是真的。当时正是“文革”时期，造纸厂停产闹革命，除了学校发的课本，没有其他书可读。而且课本要循环使用，每个学期结束，学校要收回去再发给低一年级的学生。没有课本，假期作业无法做，迫不得已，我只好将课文背下来。

我有背书的习惯，说来还有一个原因。当时我父亲规定，只要在家看书，可不去河洲打猪草。河洲上青蛙多，而我天生怕青蛙，两“害”相权，我选择在家看书。记得有一次，二弟也说要看书，并拿起课本大声朗读，可不多久朗读声停了，母亲一看，二弟已呼呼大睡。母亲骂道：“你这个剁八块的，赶紧打猪草去。”

小学的课文不长，一篇仅几百字，我天天读、反复读，加上那时记忆力好，背下来自然不难。而通过背课文，我发现自己在课堂上回答老师提问有如神助，可以对答如流。写作业也不用翻书，比别的同学明显快很多。老师表扬我，同学也高看我一眼。这小小的成就感，让我逐步养成了背书的习惯。

会背书的名声在外，我更不敢懈怠。读三年级时，一位驻村干部专门来我家，让我背课文给他听，为显摆自己的本领，我把课本给他作对照，一口气连背了三篇。那位驻村干部见我背得一字不差，大加赞赏，并从挎包里拿出一本《千家诗》送给我。他说：如果你能把这本书背熟，将来长大后能当作家。

我不明白作家是干啥的，但我知道这本书一定很珍贵。于是除了背课本，就背《千家诗》。一学期下来，《千家诗》横流倒背。四年级开设了作文课，我每次提笔写作文，脑子里总涌现出《千家诗》里的词句，我觉得合适，就用上。结果老师夸我会用成语。其实我不懂成语，用的是自己平时背的诗词。

老师要求多用成语，可全班只有一位同学有成语词典，我曾替他打扫三天教室，他却只肯借我看一天。我背不了多少，肚子里仍没几个成语。有一次，老师让写《美丽的家乡》，那位同学扬扬得意，说他用了 50 个成语。后来老师讲评时念他的作文："日出东方、光芒万丈、春回大地、山清水秀、日新月异、美不胜收……"老师边念边笑，同学们也笑得前仰后合。

读到中学，开始写论说文，我有些力不从心。老师指读三年级时，一位驻村干部专门来我家，让我背课文给他听，为显摆自己的本领，我把课本给他作对照，一口气连背了三篇。

读三年级时，
一位驻村干部专门来我家，
让我背课文给他听，
为显摆自己的本领，
我把课本给他作对照，
一口气连背了三篇。

点我，让我多读毛主席的文章。当天，我就从图书室借了一本《毛主席的五篇哲学著作》，起初读不懂，不懂我就硬背。功夫不负有心人，不到两个月五篇文章全背熟了。而背过之后，不仅意思懂了，还学会了怎样安排文章的点线结构。后来读大学，第一学期在学报发表论文，并非那篇文章有多大的创新，而是有清晰的逻辑。

大学四年，是我学生时代最用功的时期。老师上课背经典，也要求学生背经典，考试也是考经典，印象最深的是谷远峰教授，每次他上课会提前半小时到教室，将《国富论》中的重要段落写在黑板上，等上课铃一响，他立即擦掉。同学们认为这些段落很可能是考试的重点，上谷老师的课，谁也不会迟到。

另外有位龚教授，他的考试方式别出一格，让学生一个一个考。在教室前面摆两张椅子，他微闭着眼睛坐着，待学生在他对面坐定，他出题："你背第 7 章第 3 节吧。"此时他眼睛仍然闭着，于是学生开始背，中间他若不更正，成绩一定得"优"；若更正一次，可以得"良"；若更正两次，还可"及格"；若更正超过两次，他睁开眼睛，该同学则凶多吉少也。

当时同学们真的苦不堪言，强烈要求校方改变这种"死记硬背"式的考试。后来，系主任杨怀让教授出面与我们学生对话，他说：你们的天职就是读书，不背经典，哪来学术功底？你们不仅要背，而且要多背。还说，这样的考试方式到底好不好，等你们毕业 10 年后再评价吧。他语气坚定，毫无讨价还价的余地，就这样，大学四年我几乎天天要背书。

今年正好是大学毕业 40 年，同学重逢，对母校无不感激。我自己的经验，读小学背的诗词，是童子功，终生不忘；而大学时期背过的经典，今天引经据典，也可随手拈来。而过了 40 岁，读书不容易记住，用起来也不顺手。书到用时方恨少。我这里要衷心对青年学子说一句：背书趁早吧，等白了少年头，悔之晚矣！

2023 年 5 月 2 日

我的作家梦

50 年前读唐诗，特别喜欢李白《将进酒》中的那句“天生我材必有用，千金散尽还复来”。诗仙恃才傲物、潇洒如斯，正暗合了我少年时代的心境。当时我还在读初中，身无长物，自然没有千金可散，但我相信自己将来也能成为对社会有用的人。

为何会有这样的想法？且听我慢慢道来。

刚进初中，我身体出了毛病。听课坐久了，会腰痛。有一次上课，老师见我坐立不安，问我：你怎么不好好听讲，总在那里晃来晃去？我说：腰痛。老师说：你一个小孩哪有腰？肯定是和同学疯玩时扭伤了。回家后，我告诉父亲，说自己腰痛。父亲带我上医院，医生诊断为急性肾炎，需立即住院。

住院治疗了 20 多天，腰倒是不痛了，但却留下了后遗症，不能长时间弯腰，时间长了还会痛。医生说：谁弯腰时间长了都会痛，你的病治好了，出院吧。回到学校，听课、写作业一切正常，可一上“劳动课”，便痛苦不堪，每次分配给我的任务，都不能按时完成。同学们爱开玩笑，管我叫“硬腰”。

就这样，“硬腰”便成了我的绰号。此后很长一段时间，同学不再叫我名字，皆喊我“硬腰”。起初我坚决抵制，说他们搞人身攻击。可我越是抵制，同学们喊得越欢。说来也是因祸得福，后来校长也知道了我的绰号，他特地给班主任交代：以后上劳动课，就让“硬腰”干一些不需要弯腰的活吧。

校长发了话，“劳动课”这一关算是过了。可母亲这一关不好过，每次听同学喊我“硬腰”时，她总是唉声叹气。有一次全家在一起吃早饭，母亲对我说：你不能弯腰干活，以后靠什么养活自己哟？父亲一听跟她急了：他是文化人，怎不能养活自己？然后安慰我：别听你妈的，她就是头发长，见识短。

我明白母亲的心思。其实，我自己也思考过这个问题。当时正值“文革”时期，考大学完全没指望；去当兵，不能弯腰也不成。万般无奈，于是我心里萌生出了一个大胆的想法，长大了当作家，因为写作不需要弯腰。也就是那个时候，我读到了李白的《将进酒》，备受鼓舞。主意打定，便开始做作家梦。

说写就写，我用了大约一星期时间，写了一个小故事，题目不记得了，写的是真事。大致情节是村里有一个年轻后生，大哥在抗美援朝战场上牺牲后，他要去当兵。可二哥担心弟弟也一去不回，坚决不同意，兄弟俩起了冲突，最后，他母亲拿出大儿子牺牲前写回的家信，说服了二儿子，支持小儿子上了战场。

故事写好后，不知道往哪里投。一次上作文课，老师给我们念一本文艺刊物上的范文，刊物是县文化馆编印的。放学后，我将稿件寄给了县文化馆。过了三个月，杳无音信，我想应该是编辑没看上吧，正打算再投其他刊物，有一天上课前，老师给我一个大信封，是县文化馆寄来的。我迅速拆开，里面有一个采访本和两本样刊，我的那篇文章刊登在了上面。

初试牛刀，旗开得胜，当时别提有多高兴。我暗想，自己真的可以当作家。而且我发现，从那天起有的同学不再喊我“硬腰”，而改口叫“作家”了。我知道自己不是作家，但“作家”这个名头比“硬腰”好听很多，便欣然接受。我发表文章这件事，很快在同学中传开，一时间，我成了学校的“名人”。

周末回家，我把刊物与采访本拿给父母看。父亲满心欢喜，对母亲说："我说文化人可以养活自己吧。"而母亲回应道："一个日记本又不能当饭吃，拿啥养活呢？"我母亲就是这样，说话不中听，但仔细琢磨又不无道理。是的，写文章没有稿费，靠写作确实不能养活自己。母亲的一句话，动摇了我的作家梦。

问题又回到了原点。对要不要当作家，我自己犹豫起来。可谓无巧不成书。就在那天晚上，村里一个姓曾的说书艺人来我家里，让我帮他将《野火春风斗古城》的小说改编成"常德渔鼓"（唱词），并答应给我 10 元钱报酬。我知道改编不算创作，本来不想做，但为了证明能养活自己，我点头同意了。

《野火春风斗古城》，写的是 1943 年游击队政委杨晓冬潜入华北某古城，争取伪团长关敬陶率部起义，与日军斗智斗勇的故事。这部小说很好看，里面的人物活灵活现，故事情节跌宕起伏、一波三折。我要做的，就是用唱词把故事再现出来。写唱词的关键，是押韵，而我背过《千家诗》，有童子功，改编很顺手，交稿后，对方非常满意。我也信心大增，继续做我的作家梦。

转眼到了 1977 年，国家恢复高考，我觉得自己当作家的梦想终于有机会实现了，于是全力以赴，准备高考。

后来那位艺人又多次找过我，希望为他改编另外两本小说，我皆婉言推辞。因为我清楚，改编别人的作品成不了作家；而且只要我考上大学，吃上国家粮，就能养活自己，以后可以专心写作。

然而造化弄人。1979 年考大学时，我却报考了自己一无所知的经济学专业。从此，便与“作家梦”渐行渐远，也很少再读文学类书籍。于今回想起来，应该说有些遗憾，但也没有后悔。至于为何会做这样的选择，个中原因一言难尽，说多了会跑题，还是让我另写文章解释吧。

2022 年 8 月 4 日

一路向北

我中学时代一直梦想当作家，1979 年参加高考，堂兄报考了湖南师大物理系，我也想报考该校中文系，而最后填报志愿时，却选择了中南财大经济系。当时很多同学认为我应该学中文，对我选择学经济感到莫名其妙。说实话，那时我对经济学也是一无所知，做那样的选择，真的是一次冒险举动。

事情是这样的：高考成绩公布后，需要考生自己填报志愿。我父母没上过学，目不识丁，不可能帮我拿主意。而班主任谭老师毕业于湖南师大中文系，我非常敬重他，于是吃过晚饭后去征求他的意见。先说了自己的想法，可没想到他不赞成我读中文系。正是那次与谭老师交谈后，我便一路向北，改变了自己的人生轨迹。

那天谭老师对我说：现在国家以经济建设为中心，急需懂经济的人才，你应该去学经济。我说：我想当作家。他说：学经济与当作家不矛盾。鲁迅是鼎鼎大名的作家，可他大学读的是医科；还有你知道的，那个写《边城》的大作家沈从文，就没上过大学。他还说：你中文底子不错，把文学当业余爱好吧。

若到此为止，谭老师并未说服我。可我临走时，他又轻声说了一句：你家在农村，将来要赡养父母，学经济会挣钱，能报答父母的养育之恩。这句话打动了我。回到宿舍，一个人呆坐着，“作家”与“挣钱”在脑海里不断切换，直到天亮，我终于下定决心，在志愿表上填上了“中南财经大学经济系”。

就这样，我放弃了在长沙读中文系的机会，来到了北边的武汉。对这一选择，我其实一直忐忑不安。开学那天，当我走进中南财大校门，看到悬挂在林荫道上的大字横幅：“欢迎你：未来的经济学家”，才知道学经济也可以成“家”，我有些激动。暗暗告诫自己：小伙子，专心读经济学吧，当经济学家也不错。

入学教育后，便正式开课了。第一课是讲“商品”。老师在讲台上边讲边板书，说商品有“使用价值”和“价值”；劳动有“具体劳动”和“抽象劳动”……一大串冷冰冰的概念，看不见也摸不着。既没有人物，也没有情节，听得让人昏昏入睡，心里叫苦不迭：我的天，经济学是这样呀，直后悔自己入错了行。

听课枯燥乏味，读经典更是老虎吃天无处下嘴。经济学经典都是翻译过来的，西方人的语言表达与我们中文不同，特别是学术著作，作者爱用定语或状语从句，而经典翻译成中文后，也保留了大量的从句，而且一句话很长。这完全不符合我的阅读习惯，觉得经典太晦涩，不像读文学作品那样畅快。

“作家梦”破碎了，对经济学又提不起兴趣，那段时间我仿佛行走在一片荒漠里，迷茫而孤寂，夜里也总失眠。直到有一天，我在图书馆前遇见教我们经济学说史的方老师，方老师见我萎靡不振，问我是不是生病了，我说没生病，并把自己的苦闷告诉了他。方老师拍拍我肩膀说：别担心，当初我也一样，若你能咬牙把《国富论》读一半，会对经济学入迷的。

照着方老师的指点，我强打精神，开始读亚当·斯密的《国富论》，果不其然，读到 200 页左右，便渐入佳境。那些冗长的句子，也不觉得晦涩了，而且被书里严密的逻辑思辨吸引。《国富论》开篇写分工，以制针为例，论证分工可提高效率。然后又推导到国际分工，指出国际分工可以增加人类福利。

斯密的推导是：假设 10 尺毛呢可换 1 桶葡萄酒，英国生产 10 尺毛呢和 1 桶酒，分别需 100 小时和 120 小时；而葡萄牙分别需 120 时和 100 小时。两国比较，英国生产毛呢有绝对优势，葡萄牙生产酒有绝对优势，若按绝对优势分工，英国用 100 小时生产的毛呢，可换到自己 120 小时才能生产的酒；葡萄牙则用 100 小时生产的酒，可换得自己 120 小时才能生产的毛呢。

斯密的分析，令我醍醐灌顶，不过我脑子里也有一点疑惑：如果英国生产毛呢和酒的成本都比葡萄牙高，他们是否还要分工？当时只是认为自己没读懂，未作深想。后来读大卫·李嘉图的《政治经济学及赋税原理》，李嘉图认为也应按各自的比较优势分工。并且说：比较优势不是与别人比，而是自己与自己比。

李嘉图假定：英国生产 10 尺毛呢，需要 100 小时，酿 1 桶葡萄酒，需要 120 小时；葡萄牙生产同量的毛呢和葡萄酒，分别只需 90 小时和 80 小时。葡萄牙在两方面都占绝对优势，由此看，似乎两国并无贸易的可能。但李嘉图指出，只要按各自“比较优势”分工，英国专门生产毛呢，葡萄牙专门生产酒，相互交换，也可以“双赢”。

当年读到此处，我如遭电击，一下子跪在了地上。同学不知发生了什么事，将我扶起来，我自知失态，只好说自己读书读迷糊了。自此以后，我两耳不闻窗外事，埋头于读经典。同学谈起那些当红的歌星、影星，除了邓丽君，我一概不知，而谈起经典，从亚当·斯密到凯恩斯，我却可以如数家珍。

大学毕业后，我接着读研究生。硕士研究生三年，做研究其实不多，主要还是读经典，导师虽不要求背，但考试一律闭卷，不背过不了关。到研究生毕业时，我意识到自己只会背经典，对现实问题知之不多。当时盛行“孔雀东南飞”，同学大多去了广州、深圳工作，而我决定再次北上，到人民大学读博士。

我真正做研究，是从读博士开始的。国家部委机关都在北京，发现“真问题”相对容易，而带着问题研究，之前所背的经典被全盘激活，写论文如虎添翼，那三年我不仅在《经济研究》等刊物发表了10多篇论文，还撰写了两本个人专著。毕业后不久，这两本书被列入“中国青年经济学家文库”出版了。

有趣的是，自从我那两本专著出版后，有媒体称我是“经济学家”，起初我有些惶恐，愧不敢当，但想到自己以经济学为职业，至少算“经济学人”吧？久而久之，也就心安理得了。

“人生如梦，一樽还酹江月”，是苏学士写《赤壁怀古》时的感叹，回顾我自己一路向北走来，深有同感，也想举杯一醉！

2022 年 9 月 5 日

写专栏的苦与乐

有读者朋友说我是“专栏作家”，当作家是我曾经的梦想，但我不知道写经济专栏算不算作家。说实话，在报刊写了 26 年专栏，每周一篇，我的初衷可不是要当作家，而是尽一份经济学者的责任，告诉读者市场经济运行的逻辑是怎样的。

1992 年，邓小平发表南方谈话，中国经济体制开始向市场经济转轨。当时我在中央党校经济部任教，与学员朝夕相处，发现有些官员仍习惯于用计划经济思维想问题。虽有学者在学术刊物发表文章，论证市场经济规律，可大多官员只看报纸，很少看学术期刊。怎么办？于是我想到了在报纸写专栏。

1996 年冬天，我投石问路，在《中国经济时报》开了第一个专栏，每周写 2 篇，向读者讲授西方经济学。不承想，读者反响热烈。刚发表 4 篇，广西人民出版社彭总编辑来北京约我见面，希望我将这个专栏交由他们结集出版，并让我当场签合同。我对彭总说，能不能写成一本书我心里没底，等写完 50 篇再签吧。

到了第二年春天，专栏刊出了 40 多篇，彭总又专程来北京，让我签合同，并答应起印 10 万册。当时我已写完 60 多篇，差不多够一本书的分量，无后顾之忧，我把合同签了。想不到书出版后，一月竟卖出了 10 万册。自己的作品有读者看，当然高兴，也算是对普及市场经济知识作了一份贡献吧。

我在《中国经济时报》写了 8 年专栏，后来又在《经济日报》《中国青年报》《21 世纪经济报道》《学习时报》等报刊先后开专栏，总共加起来写了近千篇文章。回想写专栏的 26 年，有苦有乐。先苦后甜，让我先来说说写专栏有什么苦吧。

写经济专栏，最大的困难是选题，既要关注热点，不回避难点，而且还不能与自己之前写过的文章重复。这样，就得时刻保持一种观察状态，能从纷繁复杂的经济万象中去粗取精，发现“真问题”。只有真问题才会引起读者关注，不然无病呻吟或虚张声势，即便你能妙笔生花，读者也不会理你。

为了寻找真问题，这些年我行南走北，做过大量田野调查。2018 年，我和几位同事赴湖南永州、湘西走访了 28 个村，回北京后就写了一篇专栏文章。朋友说，你这样写专栏也太辛苦了。我说不去做实地调查，自己找不到真问题，而那种坐在书房里闭门造车，拍脑袋想当然的文章，我实在不想写。

倘若只是辛苦倒也罢了，但这还可能让人“心苦”。所以，写经济专栏要有金刚不坏之身，刀枪不入。很多人承认自己不懂数学、物理，却很少有人认为自己不懂经济，由于利益站位不同，无论经济学者发表何观点，皆会有人骂。面对责骂，得守住经济学逻辑，不能随波逐流，更不能趋炎附势，否则写专栏毫无意义。

曾遇到过一件让我“心苦”的事。2006 年，国内房价居高不下，有人指责开发商牟取暴利；而开发商又指责政府搞土地财政，是高地价推高了房价。我写了《反房地产暴利是隔山打牛》。我的观点是：房价不是由地价（成本）决定，而是由供求决定的。文章发表后，评论区骂声一片，有人恨不得去挖我家祖坟。我不希望家里人看见，让报社隐藏了评论。

另外，写专栏要有足够的闲暇时间。别看一篇 2000 字的短文，从选题到思考、到成文，没有四五个小时写不出。而专栏每周要定时刊登，不按时交稿就会失信于读者。有一次我率团出访西班牙，白天公务忙，每天晚餐 9 点钟才开始，通常要吃 3 小时。零点后回到宾馆，我还得写专栏。那一个月，累得筋疲力尽。

写专栏既然那样辛苦，我为何要坚持写？前面说，其初衷是尽一份经济学者的责任。绝非唱高调，是真心实话。不过，这 26 年能一直写下来，我自己也是乐在其中。

1997 年夏天，太原一家国企破产重组，职工面临下岗，怨声载道。太原市委纪书记打电话来，让我去太原给全市干部作一场关于国企改革的报告。那天我一到太原，就听说有五六千人在围堵市政府。我对纪书记说，我先写几篇专栏文章在北京发表，由《太原日报》转载，看能否有点用？纪书记说：你写吧，没准管用。

当晚，我写了《大船搁浅，舢板何以逃生》一文，次日在北京和太原同时发表。报纸在市政府门前散发后，很多人读懂我的文章，理解了市委、市政府的决策意图，下午人们便自动散场了。这件事对我触动很大，原来书生也并非百无一用，一篇专栏文章化解了一场风波，更加坚定了我写专栏的信心。

我在中央党校任教，要经常赴各地调研。所到之处，很多官员皆说是我的忠实读者，并将装订成册的专栏文章拿给我看。有一次与同事去西藏昌都授课，没想到当地许多科处长也在网上读我的文章，时任市委书记罗布顿珠，当着我和同事的面，大段将我的文章背下来。我是一个学者，若说没有一点成就感，那是在骗你。

最后一点，也是最实际的，我坚持写专栏，是为了讲好课。我讲课从来不用讲稿，而且好评如潮。有同事说我记忆力好，这话不全对。我长期写专栏，日思夜想，那些重大经济问题在脑海里思考过无数遍。磨刀不误砍柴工。我天天“磨刀”，讲课当然不必用讲稿。

2023 年 8 月 12 日

真佛只说家常话

当年刚到人民大学读博士时，我基本看不懂师兄的博士论文，后来当面去向他请教，对方仅用寥寥数语，就能让我听明白。我大惑不解，问师兄：为何不用让人能听懂的语言写文章？师兄神秘地一笑：等以后你写博士论文时，我再告诉你。

第二年春季学期开学，我着手写博士论文，再去求教师兄。当时他已毕业到国家部委上班。那天我骑自行车去他办公室，与他同办公室的还有两位年轻人。我简单说明来意，师兄指着他的两位同事说：这两位也是刚毕业的博士，让他们给你讲讲吧。

见我一脸真诚，一位姓张的博士说，写博士论文，难就难在要通过匿名评审和答辩，而要过这两关，就得把论文写得让评审专家似懂非懂。评审专家没完全看懂，只能提些文字或标点方面的修改意见，论文不会被颠覆性地推翻。大家会心一笑，此时我恍然大悟，博士论文不容易看懂，原来是作者有意为之。

于是我如法炮制，论文评审和答辩皆顺利通过，不过今天自己重读，也看不懂了（一笑）。博士毕业后，我被分配到中央党校任教，很快我发现，讲课与写论文不同，别人看不懂你的论文，往往会认为你的学问深；而讲课相反，要尽量让人听得懂，要是学员听不懂，就会说你脱离实际，不会讲课。

自己从教30年，讲课无数，学员评价我的讲课风格独树一帜：不用讲稿，而且用家常话讲理论。其实，我这种讲课风格是逼出来的。党校不同于普通高校，学员都是高中级干部，当然不能只讲基础知识（或名词概念），重点是要释疑解惑，回应学员关切。这一点，是我在教学实践中慢慢悟出来的。

1992年3月初，记得是我来中央党校报到的前一天，经济部主任刘炳瑛教授给我打电话，说一位老教授生病了，让我第二天上午替他讲一堂课，讲题是“计划与市场都是资源配置手段”。我没讲过课，也不知怎么讲，而当时我没办完报到手续，不敢推辞。没有退路，只好答应了。

接完电话已是晚上 9 点多，来不及写讲稿，所幸我之前背过的经典多，临阵磨枪，拟了一个提纲。第二天清早来到党校，感觉有点像新兵上战场。那天教学秘书带我到教室门口，我问他：是给什么人上课？他说：是省部班。我一听头又大了，此前县长我都没见过，要给省部长讲课，心脏“怦怦”直跳。

我深吸一口气。暗想自己是博士，一定要闯过这一关。走上讲台，我从米塞斯 1920 年发表的《论社会主义计算经济》讲起，引出兰格与哈耶克关于计划与市场的论战，然后分析科斯 1937 年发表的《企业的性质》一文如何用交易成本划定计划与市场边界，最后介绍了萨缪尔森和科斯关于“灯塔收费”的争论，得出结论：计划与市场皆是资源配置手段。

我在台上讲，台下学员面无表情，我以为自己讲砸了。可一下课，学员围了上来，说我把计划与市场关系讲透了。有一位部长还动员我去他们单位工作，并答应让我当副处长。这消息很快就传到校领导那里，下午组织局张局长约见我，对我说：现在党校正缺少懂理论的专家，你别去，留在党校当专家吧。

首战告捷，我最大的收获，是知道了高级干部对理论特别感兴趣。当天下午办完报到手续后，校方就安排我到省部班当辅导员。临近期末时，组织员王老师让我给学员作一次集体答疑，并将收集的问题给了我。这回有充足时间准备，答疑又非常成功。后来，一位省委书记去找校领导商调我，校领导没同意，而我因此得到了在省部班担任主讲教员的机会。

集体答疑虽然不算讲课，但直面学员困惑，针对性很强。可说是无心插柳，又让我懂得了讲课要开门见山、突出问题导向：重点讲解学员自己想不到的，或学员想到了而想错了的，抑或是学员想对了自己不会清晰表达的问题。自此之后，我就照这个原则备课，学员每次听完课后，皆说让他们顿开茅塞。

用学理分析为学员化解困惑，后来成了我讲课的看家秘籍。然而经济学是一门沉闷的科学，要把课讲生动却不容易。琢磨过很长一段时间，我想到了借助案例讲。有一次，我带着这一想法去拜访从家乡来党校学习的一位副省长，他特别赞成我的想法，并说：案例如果有些简单情节，更能引人入胜。

那天他给我提供了一位律师的演讲案例，讲题是《宪法的底线》。题目很大，而律师给听众讲了一个小故事。结果满堂彩。

律师说他在台北市见一位大爷在自家门前卖凉茶，问大爷：如果市政府要你家拆迁怎么办？大爷说：我房屋是私产，不会拆迁。律师问：假若政府要强行拆迁呢？大爷说：我去法院告政府。律师问：要是市长给法院打招呼，法院不受理咋办？大爷说：我去找议员。于是律师又问：若议员也不理你呢？大爷说：我去找记者，弹劾议员。故事讲完后，律师总结道：宪法的底线是私产要保护，司法要独立，新闻要自由。

听了这案例，我大受启发。自己的讲课秘籍又多了一条："讲理论与讲故事相结合"。现在我备课，通常分三个步骤：首先是弄清学员困惑（真问题），然后确定学术分析框架（逻辑点线），最后再寻找一个或几个与逻辑点线相关的故事。故事可以适当加工，但不能离谱，否则，故事不真实会降低说服力。

真佛只说家常话。是的，无论写文章还是讲课，皆是为了让人懂，引起共鸣。一门学问不论有多高深，只要不是一知半解，或故作神秘，都可用通俗的语言表达出来。多年来，对听不懂的讲座，我会起身就走，懒得听。而且在我看来，听不懂不是我蠢，而是讲者自己没弄明白。读者相信我说的吗？

2022 年 10 月 21 日

我看不准股市

我年轻时炒过股，那时候特别相信股评家，买进卖出一律听股评家指点。当然在股市上赚过钱，也赔过，可算总账却赚少赔多。20 年前读费雪的《利息理论》，醍醐灌顶，突然意识到股评家其实是望天打卦。要是真能看准股票涨跌，他们怎会去做股评而不自己炒股呢？

明白了这个道理，于是我金盆洗手，后来未再涉足过股市。曾有朋友问我为何不炒股，我说看不准股市。朋友愕然，说你研究经济学怎会看不准股市，我告诉他不仅我看不准，比我有名的经济学家也看不准。这可不是说笑。前面提到的费雪，绝对是研究货币理论的大师，可他在股市却赔得一塌糊涂，以致后半生穷困潦倒，生活还得靠人接济。

格林斯潘这个名字人们应该熟悉。此公担任过美联储委员会主席，也是著名金融学家。20 世纪 80 年代，他曾与朋友开过一家公司，专为客户提供股市咨询并代理买卖股票，结果呢？照他的建议买股票不是被套牢就是被割肉。客户见势不妙，一个个落荒而逃。到最后公司连房租都交不上，赔进去几百万美元后，只好关门歇业。

另一个具戏剧性的例子，是康托罗维奇与库普曼斯，两人 1975 年联手获诺贝尔经济学奖，获奖论文是《资产分配的最优理论》。他们宣称：假若根据他们的理论投资，保准稳赚不赔。有人问：既然你们的理论如此了得，何不用诺奖奖金去验证一下自己的理论？两位经济学家答："当然要验证。"不幸的是，仅几个回合，他们就把奖金赔得精光。

当然在股市赚到钱的经济学家也有，据说英国的凯恩斯就斩获颇丰。凯恩斯究竟靠什么看准股市我不知，但我知道像他那样在股市赚大钱的经济学者并不多。问题是股市涨落到底能否被测准？今天国内搞经济预测的学者多如辰星，有人甚至以预测股市为职业，若我说股市测不准，人家肯定会反对。

说自己的一件往事。当年炒股时与朋友买"深天地"，15 元买进，不到一月涨至 30 元。有天晚上接到朋友电话，问我是否可将"深天地"卖掉。我说股评家预测涨到50元，为何要卖？他说眼睛跳，心慌得厉害。我说你心慌去看医生好了，卖股票作甚？不料第二天果然跌停，我赶紧收听股评，股评家说是合理调整，过后还会涨。可第三天又跌停，股评家还说是调整，最后跌到14元，我赔钱沽出。

我不认为是股评家骗人，他们恐怕真的是那样看。事实上，股评家说得明白，他们给你的建议仅供参考。潜台词是，照他们的建议炒股，赚钱赔钱他们概不负责。股评家为何不敢负责？因为他们很清楚自己其实看不准股市。也许读者会说，股评家看不准股市并不等于股市测不准，如果他们提前知道政府调控股市的政策信息，股市就能被测准。

骤然听似乎有道理，但深想却不对。证监会的官员应该了解政策信息吧？可他们也同样测不准股市。中央人民广播电台曾有报道，2015年6月12日证监会前主席肖钢到中央党校作报告，他强调了三个观点："改革牛理论成立""市场不差钱""股市与经济背离的观点不能成立"。可第二天股市就大跌，短短20天沪指下挫了1000点。由此见，证监会主席也测不准股市。

股市为何测不准？费雪在《利息理论》中指出，资产价格等于该资产预期收入的折现之和。显然，投资股票是买上市企业资产，则股票市价也应等于该股票预期收益的折现。这是说，人们用一笔资金买股票，其收益要与用此资金存入银行的利息相等。用公式表示：资产价格 = 资产预期收入 / 银行利率。

由于利率相对稳定，股票价格实际就决定于该股票的预期收入。可是预期收入是未来收入而不是现实收入，看不见摸不着，人们的判断往往会不同。对同一只股票，预期收入可能有人看涨，也可能有人看跌，正因为人们的判断不同，所以才有了股票的买卖。而问题就在这里，由于预期收入具有不确定性，对股票涨跌你只能猜测，却不能准确地推定。

设想一下，股市若真能被测准，你认为还会有股票交易吗？我认为不会有。股票若测准上涨，人们就会买入，不会有人卖出；若股票测准下跌，大家就会卖出，不会有人买入。倘如此，何来股票交易呢？是的，股票市场不同于商品市场。商品市场交换的是不同商品，而股票市场交易的是同质资产。同质资产之所以有交易，原因是人们对未来收益有不同的预期。

美国著名经济学家奈特说过，利润是“不确定性”的报酬，这一点在股市可以看得更清楚。的确，股民炒股或赚或赔，皆是“不确定性”使然。由于“不确定性”事先无法准确测定（量度），所以我们看到股市上既有人暴富，也有人倾家荡产。

当然，我说股市测不准，并不是说现实中没有过股评家测准某只股票涨跌的案例，这样的案例肯定有，要不然股评这个行业早就不存在了。而对此我的看法是，不是股评家能测准股市，而是他事先掌握了内部消息，或是他名气大，足可引导股民的预期。他说涨，众人一起追涨，股票就真的会涨。

投资购买股票是购买未来，由于未来具有不确定性，而不确定性又不可量度，所以股市也无法测准。我这里要提醒各位股民，今后若有人说他可测准股市，包赚不赔，那么你不妨先让他签字画押，不然千万别信他。

2018 年 3 月 2 日

为了面子练书法

我没啥爱好更没特长，朋友总说我生活太单调，缺少情趣。想想也是，40 岁前除了读书教书，琴棋书画样样不会。不想 10 年前学习打“拖拉机”（扑克牌），立即着迷，到今天“拖拉机”确实打得好，与云良兄联手所向无敌（一笑），可惜这算不得特长，上不了台面。也大约 10 年前，我开始练书法，自己临帖自己写，教过我的老师不少，我却没正经拜过师，作品至今也不敢公开示人。

说起来，我对书法产生兴趣比较早，始于中学。小学开过书法课，可时间很短，那时造纸厂“停产闹革命”，学校买不到纸，书法课很快就停了。进了中学，有位老师黑板字写得好，不少同学跟着练，我也练，不过更入迷，几近癫狂。有一段时间，老师在台上讲课我却在下面练字，不管不顾，老师讲啥全然不知。记得有一次老师点

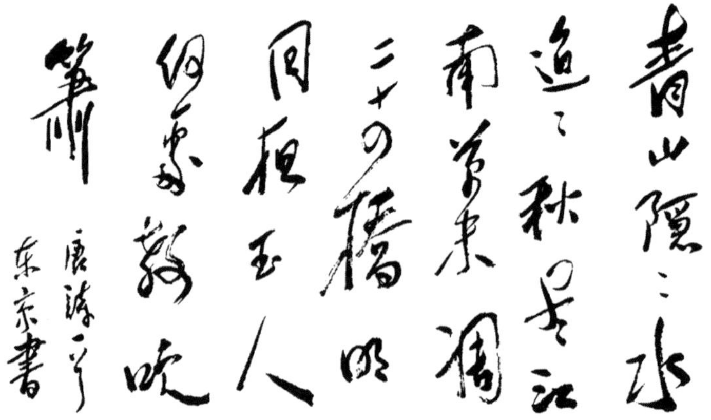

寄扬州韩绰判官

唐 · 杜牧

青山隐隐水迢迢，秋尽江南草未凋。

二十四桥明月夜，玉人何处教吹箫？

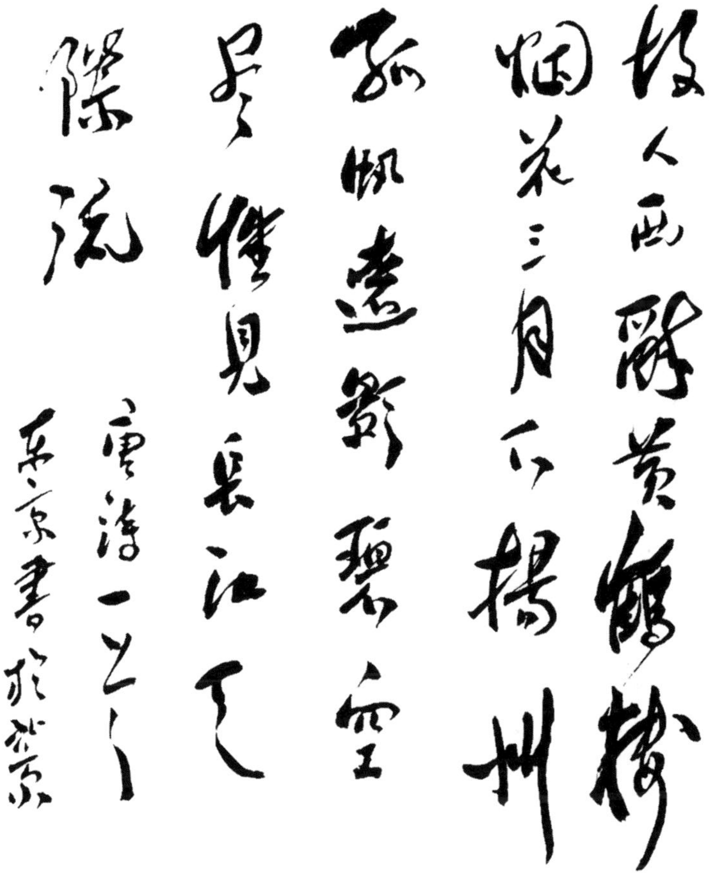

黄鹤楼送孟浩然之广陵

唐 · 李白

故人西辞黄鹤楼，烟花三月下扬州。

孤帆远影碧空尽，唯见长江天际流。

名提问我，我站起来竟不知问什么，于是张口结舌答非所问，引得同学哄堂大笑。

除了模仿老师，也临过一阵“庞中华”的钢笔帖，硬笔书法虽不讲章法墨法，但字的间架结构相通，今天我的钢笔字差强人意，应该与那时下过功夫有关。再后来，就是应付高考。要考大学，谁也不敢掉以轻心，得全力以赴，练字就顾不上了，谁知这一丢就是二十年。上大学时也有同学练书法，自己也曾跃跃欲试，可一看人家功底了得，自叹弗如，大概是自尊心作祟始终没敢开张，最后也就不了了之。

上面讲的是往事。再说自己 20 年不练字为何人到中年又突然发神经。曾有好友私下问过我，是不是想拿字换钱？说实话，换钱的事真没想过。人贵自知，书法我清楚自己搞不出啥名堂，更不会愚蠢地认为自己能成书法家。说出来你也许不信，10 年前我练书法完全是为了顾全“脸面”，甚至连“兴趣”都谈不上。这里讲两件事，读者看了可能会懂我，至少不会认为我故作谦虚编瞎话。

大约是 2000 年冬天吧，我与同事一道去广东考察，其间参观一家民企。兴致勃勃而去，结果却败兴而归。原来，我们参观完后正欲离开，不料主人却让我给题字，突然袭击，心里没准备，当时一听头就大了，背上直冒汗。

我给主人说，我不会写毛笔字。可对方说，你是中央党校教授，哪能不会写字呢？不论我怎么解释他也不信，还以为我不给他面子。最后，闹得很不愉快，不欢而散。

有了这次教训，后来再有人让写字，实在推不掉我就硬着头皮写。可有一次去张谷英村又着实尴尬了一回。张谷英村始建于明清，坐落在岳阳以东的渭洞笔架山下，有500多年历史。那天我回老家顺道去看看，可县长知道后立马赶过来请我吃午餐。席间，我见摆上笔砚，便知大事不妙，又要写字了。于是先想好了一句话："青山养老屋，耕读传后人。"饭毕，县长果然让题字，我也写了。可哪知人家印进了招商画册，我看到后真是无地自容，恨不得找个地缝钻进去。

类似的事情多。那些年我常在外调研，每次人家让写字都盛情难却，可每次写完都后悔，觉得既对不起别人，也对不起自己。也正因为此，我这才痛下决心练书法。就这样自己默默练了十年，今天我的字写得怎样不好说，不敢与别人比，但与自己从前比肯定好很多。书磊先生有一次说我的字有点郑板桥的味道，我没临过郑板桥，无心插柳，但他的评价还是令我喜出望外。

是真的，我练书法的动机就这么简单，确实只是为"面子"，不为其他，不指望成名，也不靠"字"养家。

不过现在回头看，这样反而更好，练起来既不急于求成，亦不会轻易放弃。比如我最初临帖，因为不会用毛笔，临谁不像谁，临王羲之不像王羲之，临孙过庭不像孙过庭。可即便那样，我心态仍然好，没气馁过。于今想，自己持之以恒坚持这些年，书法有进益是一方面，但也有些意外的收获，值得在这里说一说。

先说修身。可能因为年轻时会考试，成绩好，我性格有些孤傲。大学读经济，第一年就在学报发表论文，之后出版专著十数部，论文近百篇，小有名气。这样自我感觉好，不容易把别人放在眼里。可自从练了书法后就不同了，屡受打击，有一年侄女从长沙来北京度寒假，看我练字就问，大伯你的字怎么写得这么难看呀？童言无忌，我差点晕过去。有位朋友也练字，比我晚几年，书法却强过我。原来山外有山，从此我不再自负，更不敢小瞧人。

再说养心。众所周知，书法与诗词不分家，要写一幅字，得先理解那首诗或词，要想得出意境，自己受了感动才会有激情下笔。这样日积月累，几年下来诗词修养必与日俱增。我自己是很好的例子。小时候背过千家诗，但那时候只是背，并不解其意。后来为了练书法重读古诗词，才知别有洞天，诗词背后有音乐，音乐背后有宗教，宗教背后有哲学。钻进去，则心旷神怡、其乐无穷。

再一项收获，是强身健体。不是我第一个这么说，但有同感。平日我不爱动，能躺着不坐着，能坐着不站着，总相信“生命在于静守”。可这些年练书法，发现写字也是不错的锻炼，别看待在书房不出门，但练字的活动量不小，哪怕是冬天，两个小时下来也大汗淋漓。朋友周末去爬山，而我就写字，到今天身体无大恙，这是否与练字有关？不肯定，但应该是，至少我自己是这么看。

2011 年 11 月 5 日

无奈与遗憾

我自己大半生教书，带出的博士生少说也有 40 人。遗憾的是，今天却无一人在学校教书。这些学生中，也曾有人想过当教师，可毕业后大多去了金融机构，少数进了政府机关。我的学生我了解，他们做那样的选择，其实也是无奈之举。

我的开门弟子，是 1995 年招收的硕士生。这学生毕业于北师大计算机系，品学兼优，也能吃苦。跟我读硕士、博士 6 年，我发现他对经济学悟性很高，虽是半路转专业，而他用不到一年时间，就将经济学几部重要经典读下来，而且还读懂了。

记得入学的头一学期，他对经济学的了解，只是教科书上的一些知识点，基本不会用于思考问题；写文章文字也很晦涩。我读不懂他的文章，曾严厉批评过他。想不到有一天晚上，他交给我一篇短文，我一看不像他之前的文笔。我问他：这篇文章可以公开发表，是你自己写的吗？他说：是自己写的。

从此之后，他简直判若两人，让我刮目相看。到了写博士论文阶段，他去我家讨论论文，那时候我们已经是棋逢对手。我提出问题，他不会轻易答；他提出问题，我也要想很久才能答一句。有时两人在书房坐到凌晨，也没说几句话。太太问：你们一晚上怎不说话呀？我说：高手对弈，你见过下棋的人总说话吗？

毕业前夕，我问他毕业后有何考虑。他知道我希望他继续做研究。他对我说：父母在农村，现在年龄大了；孩子又刚出生，得考虑先养家。我也是从农村出来的，能理解他的难处。就这样，我推荐他去了一家国有银行。说实话，我非常看好他，而他却无奈地放弃做学问，是我教书生涯中的一大遗憾。

2006 年，我又招进一位博士生，本科毕业于北京大学，研究生就读于中科院，专业是高能物理。此人绝顶聪明，英语极好，在“新东方”做过兼职英语教师。那年他以最高分考上我的博士生。面试时，我问他：你将来毕业后愿意做学问吗？他说：自己对经济学特别感兴趣，毕业后也会继续做研究。

这位学生自学能力很强，因为英文好，从亚当·斯密的《国富论》到马歇尔的《经济学原理》，读的皆是原版，而且理解也通透。一个学物理的转学经济学，逻辑思维明显要比别的学生胜出一筹。他的博士论文，颇似《国富论》的风格，层层递进，推理严丝合缝。我曾为有他这样的学生甚感欣慰。

也是临近毕业的某一天，他来见我。说自己学了一些理论，缺乏实践体验，想去证券公司做一些比较务实的研究。我认为他说的是实情，虽然不符合我当初的愿望，让他去大学做学问，但毕竟还是去做研究。尽管我有些遗憾，还是推荐他去了证券公司。所幸他今天仍在做研究，时常有成果发表出来。

另外我有一位小同乡，老家在隔壁村。2000 年前后，他写信给我。信上说，他以高分考入了北方一所名牌大学数学系，读到大三后才发现，自己喜欢的原来是经济学，希望报考我的研究生。我们之前没见过面，我完全不认识他，但却被他的豪言壮语打动了。我觉得若不帮他，可能会错失一个栋梁之材。

他信中有几句话我至今记得清楚。他说：我们是同吃珊珀湖水长大的，都有一腔报国热情。而经济学是经世济民的科学，自己选择读经济学，志在“为天地立心、为生民立命、为往圣继绝学、为万世开太平”。读他的信，让我想到了张载，也想到了青年毛泽东。但那时我已不招硕士生，特地请一位同事做他的导师。

入学后我们见过一面，我让他先读经典，自己补补课，他也答应了。之后便再无联系。我向同事打听过他的情况，同事说他好像挺忙。直到快毕业时，他来家里见我。我问他为何两年多没联系我？他说特别忙：先是与前女友分手，后又谈了一个女朋友并结婚生子，要养家糊口，每天得去培训机构讲课。我问他专业学得怎样？他倒也实在，说还没顾得上。

当时我对这位小同乡不只是遗憾，更是大失所望。当初一个热血青年，怎会一遇到生活上的困难就将“做学问”置之不顾呢？其实我也知道，做学问需要有安贫乐道的心态，不然很难坚持下来。难怪有人说，做学问的前提是要有“三闲”：闲钱、闲情、闲暇。而闲钱最为关键，要是没有闲钱，整天为稻粱谋，疲于奔命，当然也就谈不上闲情和闲暇了。

这些日子我总在想，如果给学者提供相对优越的生活待遇，当年我的学生是否会选择做学问？说实话，我不确定。因为做学问的机会成本太高了。我第一个博士生今天做了一家央管银行的副行长，若当初他选择教书，现在也应该做了教授，而做教授的成本，则是放弃做副行长。我有何理由让他这样选择呢？

问题在于，做学问需要薪火传承。我所知道的，亚里士多德是柏拉图的学生；凯恩斯是马歇尔的学生；哈耶克是米塞斯的学生。古往今来，任何一门学问要推陈出新，发扬光大，皆需有一代又一代传人接力赓续。而我自己作为教师，自己学生中没人教书做学问，岂止是遗憾，更是一大悲哀！

有学术潜力的学子不去做学问，我每念及此，皆心有不安。不过国际经验表明，一个国家经济强盛，必促成学术繁荣。这样看，学术繁荣离我们应该已为期不远，让我们拭目以待吧。

2023 年 2 月 10 日

第四章

我的老师

怀念施老师

施老师名叫施益树，与我住同一个村，县一中毕业后回乡教书，是我读小学四年级的班主任，教语文和体育。因为是同村，我父母都认识他。有一次，当母亲听说施老师要带我们班时，对父亲说：施益树小时候调皮得很，让他教孩子不就放羊了吗？

母亲那样说，我听了一阵暗喜。心想，施老师小时候自己很调皮，我知道了他的底细，我以后调皮一点，他也没资格管我。后来，我把这消息告诉了我的那些小伙伴，大家欢呼雀跃，庆幸将要遇到一个可以让我们无拘无束、尽情玩耍的好老师。

新学期开学，第一节课就是施老师讲，他站在讲台上，个子很高，浓眉大眼，人长得英俊，可脸上一丝笑意也没有，好像是要给我们一个下马威似的。同学们早就对他知根知底，倒也不怕他。第一节课他讲什么，我现在已不记得了，但课后同学们都说，施老师的课，没有我们之前的张端云老师讲得好。

记得有一次，讲刘禹锡的《乌衣巷》，照惯例，他先给我们朗读一遍。当读到“乌衣巷口夕阳斜”时，他将“斜”字读成了“xié”。这首诗我背过，没等他读完，我举手要发言，他问我：你有什么事？我说：“斜”字在这首诗里要读“xiá”。他说：你也可以读“xiá”。我说：必须读“xiá”，不然不押韵。他愣了一下，笑着对大家说：就听他的，以后你们就读“xiá”吧。

施老师古诗词功底不好，是因为他读中学时正赶上“停课闹革命”，到处“串联”，跑遍了大半个中国。不过毛主席诗词他背得多。有一次，讲毛主席的《七律·长征》，他之前“串联”时去过瑞金和遵义，他从红军夜渡于都河讲起，一直讲到四渡赤水、过雪山草地，讲得活灵活现，就好像他自己参加过长征一样。

过了一学期，施老师渐渐现出了他张扬的个性，与我们学生亦师亦友。对学生开展课余活动，不仅支持，而且亲自参与。他总是说，开展课余活动一定要好玩。有件事我记得很清楚，别的老师布置写作文，题目是“记一件有意义的事”，而施老师出的作文题是：“记一件有趣的事”。只要写得好玩，他就给高分。

之前同学们每次写作文，皆如临大敌，不知道啥是有意义的事，抓耳挠腮，也憋不出几句话来。而施老师把题目一改，同学们一下子似乎都会写了。每次上作文讲评课，教室里最热闹，施老师在台上一篇篇念大家的作文，加上他那夸张的动作和表情，底下笑声掌声不断，自此，我们不再惧怕写作文。

那时候，施老师几乎不布置课后作业，放学后就是疯玩。小孩子在一起，难免会打架。有一次，我们班与五年级一个班争夺排球场，本来是我们先到，可对方班长仗着人高马大，挥着拳头要我们退场。我们有个同学会武术，三下五除二就把对方打趴下了。那班长去施老师那里告状，施老师把我们叫去后说：以弱胜强，好样的！

那次施老师也劝告我们，君子动口不动手，以后尽量不要和别的班同学打架。而他话锋一转，又说：当然，人不犯我，我不犯人；人若犯我，我必犯人。后来校长知道后批评了他，说毛主席讲这句话是对待敌人的，不能对待自己同学。听说他还为这事写过检查。不过自此之后，我们班有了敢打敢拼的名声，再也没人惹我们。

施老师有句口头禅：动脑筋没？有时见我们在操场玩游戏，他会走过来问：动脑筋没？我们异口同声回答：动脑筋了。他特别高兴地说：好，玩就要动脑筋，要天天玩出新名堂来。在他的鼓动下，当时同学们真的很开动脑筋，发明了不少新玩法，学校其他班同学玩的游戏，大多是从我们班学去的。

不过我们班也有马失前蹄的时候。有一次学校举行拔河比赛，我们一班对二班，每班各派 25 人上场。可比赛开始前，二班班长说，他们有 5 个同学病了，只能派 20 人上场，要求我们也减 5 个人。我们班长没多想，就把最前面的 5 个男生减下来了，结果我们输得一败涂地。

散场后，我们班同学不服气，指责二班耍滑头，他们减的是女生，我们减的是男生。而且有人看见，二班那 5 个女生活蹦乱跳，根本没生病。大家纷纷谴责二班，这时施老师说话了：平时我是怎么给你们讲的？要动脑筋。减 5 个男生是人家让你减的吗？我看是你们自己蠢，愿赌服输，你们长长记性吧。

有了这次教训，之后参加比赛，我们皆周密部署，把所有可能出现的变数都预想到，做到知己知彼。后来有一次乒乓球比赛，几轮淘汰后，由我们一班与二班争夺第一名。各班派 3 名选手，二班有个“厉害角色”，平时施老师也难以赢他，狭路相逢，我们召开战前会，请施老师和我们一起商量对策。

我是我们班第3号选手。施老师提出，让我与二班的那个厉害角色比，开始我不愿意，认为自己必输无疑。施老师说：这叫“田忌赛马”，就是要用你的“输”来换他们两个“赢”。他解释道：用我们3号对他们1号；用我们1号对他们2号；用我们2号对他们3号。这样，我们便可三场两胜，最终第一名非我们莫属。

果然不出施老师所料，决赛时我们班真的赢了二班。经过那次比赛，我才明白什么叫“动脑筋”。而施老师那句“动脑筋没”的口头禅，后来也就成了我的座右铭，无论是做什么事，我都会这样问自己：动脑筋没?

40年前，施老师因患有严重肺病去世了。我上大学时和他还有通信往来。他是多么率性有趣的一个人，英年早逝。每想到此，不禁悲从中来!

2023年8月24日

彭老师二三事

彭老师从桃源师范学校毕业后，教我们初中班语文。当时他很年轻，也就比我们大七八岁，家住珊珀湖对岸的一个村子。虽然也是在农村长大，但在城里待过两年后，言谈举止跟我们明显不一样，他是我看到的第一个用香皂洗头发的人。

第一次给我们上课，他作自我介绍：我叫彭正德，以后要和大家在一起学习。台下有位调皮的学生问：你也和我们一起考试吗？同学们大笑。彭老师好像一点不生气，笑着说：当然要一起考试，如果你们学习成绩不好，将来考不上高中，我的考试就不及格。

教室里一下子安静了。开始我以为他会严肃地批评那位捣蛋的同学，而他一番不温不火的话，完全出乎我的意料。心想：这个新来的彭老师不简单，说话绵里藏针，晓得用“考高中”这样的话来吓唬人，以后恐怕不太好应付，自己得小心点。

彭老师到底是师范学校毕业的，第一节课就讲得有板有眼。作者生平、写作背景等烂熟于心，中间还安插一些小故事，引人入胜。特别是他的板书，字相当漂亮。读小学时我曾模仿过其他老师的字，而那节课后，我决定改换门庭，学彭老师的字。

有一次，他在台上讲课，我埋头在下面练字，他突然提问我，我不知道他问什么，张口结舌答不出。课后他将我叫到他房间，对我说：我不反对你练字，但上课要专心听讲。他拿出一本钢笔字帖，说你就照这本字帖练吧。我说，字帖我有，我想照你的字练。他听我这样说，脸上露出一丝得意的表情。

过了一段时间，我发现同桌同学齐兴国的钢笔字写得很像彭老师，但上课时从没见他练过字。我暗自纳闷：下课后黑板就擦掉了，他是如何练的呢？难道把老师的板书用脑子全记下来了？后来我问他，他拿出作文本说：这上面不是有彭老师写的评语吗？我一听恍然大悟。此后，上课我也不再练字了。

彭老师见我和齐兴国把他的字模仿得惟妙惟肖，几乎以假乱真，颇是欣慰。也许是这个原因，我俩便成了他最亲近的学生。每到周末，只要他有空，就会带着我们一起玩，当然一切开销，都由他支付。当年有几件事，至今想起来我们还觉得对不住彭老师。

记得有一次，他让我去附近的农民家里买鸡，说要帮我们改善一下伙食。鸡买回来后，他亲自剁好，然后让我和齐兴国以及另一位同学带上炖钵，先到河洲上找些干树枝去炖。炖了一会儿，鸡的香味散发出来，齐兴国说他先尝尝，看熟了没有。我和另一同学也跟着尝。几轮尝下来，钵里的内容少去了一半。

眼看彭老师快来了，我们赶紧往钵里加满水。结果彭老师到时，水还未炖开。彭老师问：怎么还没炖熟呀？齐兴国说：快了，马上就熟。过了几分钟，钵里水开始沸腾，我们让彭老师先吃。彭老师拿起筷子翻动了几下，说：怎么尽是鸡脚、鸡翅膀，没鸡肉呢？齐兴国说：这个季节鸡都不长肉。另一同学说：肉恐怕是炖化了吧。我在一旁差点没忍住笑出声来。

多年后，我和齐兴国跟彭老师说起此事。彭老师说：你们真以为我傻呀，我当时就知道是你们吃了，钵子里全是汤，难道带鸡肉的骨头也会炖化？我看你们一个个骨瘦如柴，特意给你们打打牙祭。还不屑地说：那时你们一唱一和，那点小把戏能骗得过我？

还有一次，胡老师（彭老师女朋友，在常德市读师范）来学校看他。每次她从城里来，都带些好吃的食品。我估计这次也会带，于是让齐兴国先去侦察一下。齐兴国以交作业为名去了彭老师房间，回来后说：真有吃的，是蛋糕。下午，彭老师送胡老师走，他前脚出门，我们就去他房间找出来，饱餐了一顿。

送走胡老师回来，彭老师见我们在操场上玩球，叫我俩去他那里吃蛋糕。我说：蛋糕我们吃过，你自己吃吧。他回到房间，怎么也找不见蛋糕。开始以为是被猫吃了，未动声色。后来在我俩的座位底下看见了那张包装纸，来到操场质问我俩：蛋糕是不是被你俩偷吃了？我说：刚才告诉你我们吃过，不是偷吃，是光明正大吃。他无奈地摇摇头，回房间去了。

那时候在我们眼里，彭老师既是老师，更是兄长，对学生关怀备至。即便我们做错了事，也不厉言呵斥；而遇到难事，则鼎力帮助。当时正是“文革”动乱，班上有位同学的父亲参加一个什么组织，被抓起来了，学校要开除这同学学籍。彭老师坚决不同意，与领导争吵起来，这同学学籍被保住了，后来考上了中专。

彭老师只教了我们一年，就调到别的学校去了。临别那天，他把自己备课的手稿送我作纪念，我没有礼品送他，给他鞠了一个 90 度的躬。我读高中时，他在一所学校当校长，我们还一直保持通信。后来我上了大学，给他写信却没收到回信。我问齐兴国，他告诉我：彭老师已到县委组织部当官去了。

那年寒假回老家，我和齐兴国去看他，久别重逢，相谈甚欢。晚上一起吃饭，还是由他买单。直到我参加工作后，他才让我付账。1994 年我当教授后，他突然不喊我名字，而叫我“王教授”，我觉得太生分，反对过，但他坚持。再后来，他又喊我“王校长”，我对他说：你是老师，叫我名字更亲切些。

前不久我去长沙，遇见彭彻，问起他父亲的近况。彭彻说：他父亲退休后和母亲一直住在安乡县城里，不肯来长沙，不过二老身体好得很，除了看看书，就是打牌。我让彭彻转告他父亲，我也学会了打牌，能记会算，下次回去要和他好好切磋一下。

2022 年 7 月 17 日

班主任谭老师

谭祥友老师是我读高中时的班主任，毕业于湖南师大中文系，是“文革”前的大学生。10多年前，他不幸因病过世了，阴阳两隔，甚感悲痛！如今我们几位在北京工作的高中同学相聚，每当谈起40多年前在澧县一中的往事，无不对谭老师心存感激。

对我自己来说，谭老师是我的“贵人”。读初中时，我得过急性肾炎，一段时间弯不了腰，母亲担心我日后养不活自己，请当地一位盲人给我算过命。那算命先生说，等我读到高中会有贵人相助。我不以为然，认为他是为了安慰母亲才那样说。后来读到高中，我果真遇到了“贵人”。

那年我和表弟一同去报考澧县一中，他考了五门课才被录取；而我只考一门“作文”，也进了一中。那天考作文的监考老师，正是谭老师，记得当时我在埋头写，谭老师在我身后一直盯着看，考试时间一到，他直接把我试卷拿去给了校长看，要求破格录取我，校长同意，并让我进了谭老师带的班。

后来谭老师对我说：这次破格录取你，在澧县一中还是首例，一中面向全市六个县招生，校长接到请托的条子一大堆，他看你是个人才，才同意录取你。你要好好学习，不要辜负了校长。我开玩笑说：还是谭老师你慧眼识珠，不然校长不会知道我。

我是由谭老师推荐进一中的，也许为了证明他自己眼光不错，平时对我管教很严。而我来自乡镇中学，开始同学对我很不友好。特别是当他们知道我是破格录取进一中后，以为我是“后门生”，更是对我冷嘲热讽。每次老师提问，他们就起哄，要让我先回答。上课老师不知道怎么回事，反映给了班主任。

有一次，谭老师找我谈话，批评我不注意团结，没融入班集体。当时我听了很委屈，说：同学都以为我是开后门进来的，故意整我，怎能说我不注意团结呢？谭老师说：那你应该用学习成绩证明你不是“后门生”呀。他一句话点醒了我，不久后有一次单元考试，各科成绩我皆名列前茅，同学对我刮目相看。

自从那次考试后，和同学关系渐渐融洽了。可是新的难题又来了。那时食堂伙食很差，不是青菜豆腐汤，就是海带青菜汤，而且米饭每餐仅三两，整天饥肠辘辘。上午第 4 节课，我基本没听讲，无论老师讲啥，我都觉得啰唆，一心只想早下课吃饭。我曾经想，那时我若能吃饱肚子，高考也许会考得更好些。

后来我想到了一个办法，还真管用。澧县一中有个传统，听说今天仍然是：男生与女生相互不说话。我们班上有姐弟俩，在学校两人也不说话，实在有事，就写个条子告知对方。在食堂吃饭，男生与女生也不同桌。男生这边菜总不够吃，而女生那边每桌都能剩下一些。我灵机一动，决定从第二天起去女生那边吃饭。

跟女生一桌吃饭，相互也不说话。可同班的男生却笑话我。有一次表弟对我说：哥，你别去女生那边吃了，看上去是一个异象（怪象）。我说：异象怎么了？能吃饱饭我才不怕别人笑话呢。后来这事又传到谭老师那里去了，而且越传越邪乎，说我学习不再专心了，每次下课后，就去围着女孩子转。

这件事引起了谭老师的高度重视，有天晚上，他让我去他家。他问我：听说你现在下课后就围着女生转，有这回事吗？我说：不是围着女生转，是去她们那边桌上吃饭。我们男生这边一个个像饿狼似的，每顿都吃不饱。谭老师一听笑了：你没分心就好，周六来家里吃晚饭吧。临走，还给了我一袋饼干。

上大学后，有位女生写信给我，说我跟她一桌吃过饭，问我记不记得她。我回信说，我和学校所有女生都同桌吃过饭，当时只顾吃饭，没跟你们女生说过话，真不知道阁下是谁。后来也就没联系了。不过我要借这个机会，对当年女同学能容忍本人狼吞虎咽的吃相，致以谢意。

现在想来，当时谭老师对我最不放心的，就是学习分心。有一次寒假后返校，在津市转汽车时遇到了暴风雪，最后一趟班车取消了。第二天上午有课，我必须连夜走路赶回学校。刚出发，就遇到两个女孩（姐妹俩）也回澧县，看我学生模样，要求与我结伴同行。

雪大路滑，走得很慢，那天我把她俩送到家，已是大半夜。女孩父亲对我十分感激。他知道我是谭老师的学生后，连忙给谭老师打电话，说要留我在他家住一晚。当时学校大门已关，谭老师同意了。没想到第二天一清早，谭老师就来接我，本来人家已准备好早饭，谭老师也不让吃，让我跟他一起回学校。

在回学校的路上，谭老师旁敲侧击，说：这是高考前的最后一学期了，你可不能分心。他虽未明说，但听得出他话里有话。我说：你放心吧，我心里有数。他看了我一眼，又说：过年时有熟人托我帮她女儿物色对象，王老师（他夫人）说你合适，我没答应。我问：那女孩好看吗？谭老师说：你问这干吗？我看你心里没数。

那年高考结束后，填志愿我拿不定主意。于是我去征求谭老师的意见。他知道我想学中文，当作家，可他却动员我学经济。回宿舍后，我纠结了一整夜，最后还是照他的意见，选择了学经济。后来我听说，他带的高中班毕业生中，有不少也是听他的建议学经济。

这些年，每当我想到谭老师，就会想起我老家的那个算命先生。他说我读高中时会有贵人相助，现在回头看，真的是被他说中了，而且这个贵人，就是改变了我一生命运的谭老师。

谭老师千古！

2022 年 9 月 23 日

硕导王时杰

若不近距离接触王时杰老师，不会相信他是个特别容易相处的人。我考他的研究生前，曾在校园里多次遇见他，想上前打招呼，可他目不斜视，一副拒人千里之外的样子，让我望而生畏。后来跟他读研究生，才发现他非常平易近人、和蔼可亲。

王老师是四川荣县人，毕业于武汉大学经济系。小时候家境应该不错，多才多艺，琴棋书画、诗词歌赋无一不通。我和同学都特别喜欢听他讲课，他操一口原汁原味的四川口音，抑扬顿挫，而且例子也特别多，随手拈来。讲到高兴时，他还会唱几句。唱完便说：哎呀，扯远了，扯远了，下面言归正传。

王老师爱与学生聊天，我每次去他家里，他会亲自倒茶，说完正事，也不让马上走，要留下来陪他摆龙门阵。

他知识面特别广，天南地北无所不聊。有一次，他说起在人民大学读研究生时如何追求郭老师（他夫人），郭老师从书房出来阻止他：你咋啥都说？王老师回道：我是在给年轻人讲重要的人生课呢。

郭老师也是我的导师，上海人，毕业于复旦大学经济系。她平时话很少，考试非常严格。王老师比较宽松，只要上课能提出好问题，证明你会思考，考试都能让你通过。而郭老师不同，有一次有个师弟期末考试考了 69 分，不及格（校方规定 70 分及格），他想去找郭老师通融一下。我说：你千万别找郭老师，找王老师吧。

那天我陪师弟到王老师家，说明了原委。王老师对着书房喊：郭慧珍，考了 69 分只差一分，四舍五入不就及格了吗？郭老师说：69.5 分才能四舍五入，69 分不行，你小学数学是怎么学的？王老师苦笑着摇头，对师弟说：郭老师就是这么个人，爱认死理，看来我也爱莫能助，你赶紧回去准备补考吧。

跟王老师读研究生时，每次交作业，他都赞我文章写得好。我读过他写的诗，其实他文学功底很深厚，文笔也好，可不知为什么他一写文章，文字就生硬了，而且句子很长，没有节奏感。我曾对他说：您讲课那么生动，怎不照讲课的风格写呢？他说，我写文章风格已经固化，大半辈子了，改不回去。

后来他让我合作一起写论文，他口述观点，我执笔写初稿，最后由他改定。记得第一次将初稿交给他后，我心里打鼓，晚上他叫我去他家，手里拿着那份初稿对我说：嗯，文章就该这样写。我说：这不就是照你那天口述的内容整理的吗？他说：不一样，里面没有废话，读起来朗朗上口。说完，便给我读了一段。

读研究生的三年，和王老师朝夕相处，耳濡目染，我学会了他的讲话风格。有一次他带我参加省社科院的一个学术会议，我的发言有观点、有案例、有数据，讲得头头是道。别人一听，整个是王老师的风格。恰好我也姓王，会上有人当面问他：刚才发言的是不是你儿子？王老师笑而不答，我也不解释。

的确，平日里王老师和我情同父子，对我绝对信任。毕业前不久，他捎口信让我去见他。那天去他家里，见面就问：你前天晚上是不是去跳舞了？我说：我不会跳舞呀。他说：隔壁楼的张老师说，前天晚上他女儿和你跳过舞，看上你了，上午专门来打听你的情况。我说：我从不跳舞。王老师说：我当时就说肯定不是你。后来他女儿来家里看照片，也说不是你。

回到宿舍，给同屋的同学说起这件事，他大笑，承认是他搞的恶作剧。前晚跳舞时，那姑娘问他名字，他明白对方的意思，但自己已经有了女朋友，就随口报了我的名字。我说：你万一和人家姑娘怎样了，你报我的名字岂不是害了我？他说：怎么会？你看王老师那么信任你，他一定会出面为你做证。

来中央党校任教后，学员说我讲课风格独树一帜。其实，那是他们没听过王老师的课。中南财大 60 周年校庆时，母校邀我回去做讲座。那天会场坐得满满当当，人多倒不要紧，可当我看见王老师坐在前排时，仍有些拘谨。那天一讲完，他竖起大拇指说：满堂彩！风格像我，但信息量更大，分析也更深刻。长江后浪推前浪，我被推倒沙滩上了哦！说这话时，欣喜之情溢于言表。

回想起来，我向王老师所学到的，并不单是讲课风格。在我准备去人民大学读博士的前一天下午，他跟我有一次长谈，算是临别赠言。他说：你平时喜欢开玩笑，这怪我，是跟我学的。以后你可以拿自己开玩笑（自嘲），但最好不要拿别人开玩笑。还说：我们看好你，以后写文章也不要拳打脚踢，四面树敌。

自离开王老师后，我一直谨记他的教诲。1992 年我出版了第一本专著，立即寄给了他。他看后回信说：你分寸把握得好，不像我当年那样拳打脚踢，结果因言获“罪”

被错划为“右派”。读了他的回信，我才明白，原来那次他对我的临别赠言，是在用自己沉痛的教训提醒我，别重蹈他的覆辙。

一日为师，终身为父。我特别庆幸自己在学生时代能遇见王时杰这样的导师。我和他小儿子同年，他也真的像对家人那样待我。当年读研究生时，时常叫我去家里吃饭，他的拿手菜是辣子鸡丁。后来我每次从北京去武汉看他，他也总是说：回来了就别上饭店了，就在家里吃辣子鸡丁吧，我们好好聊聊天。

2023 年 8 月 11 日

永远的导师宋涛

前天上午天义给我打电话，说宋涛老师已于凌晨 3 点病逝，听到消息我怎么也不敢相信。下午赶到世纪城看望师母，林岗、高德步也在，当时凝重的氛围让我意识到宋老真的是走了。这两天，我翻出当年宋老为我修改过的论文手稿，心绪难平，20 年前跟随宋老求学的往事像过电影，一幕幕直往脑子里涌。

初识宋老，是 1985 年秋天。那时我在中南财大读研，而宋老受教育部委派到武汉视察研究生工作。巧得很，不知当时校方是出于何考虑，让我参加宋老的座谈会，接到通知我是受宠若惊又诚惶诚恐。

宋老是大名人，学界泰斗，能有机会见他我当然高兴；然而令我不安的是，自己在学问上毫无建树，参加座谈我不知说什么。后来我究竟说了什么已不记得，但宋老的话至今我还记忆犹新。也正是因为他的一番鼓励，我才萌发了要报考他博士生的念头。

1988 年我考进人大，与宋老接触的机会多了。当时他家住城里，办公室在人大红二楼，每周末才回城，周一到周五就住办公室。记得第一次我去办公室拜访，宋老见面就给我泼了一盆凉水。宋老对我说，虽然你考试不错，但理论功底还很差，得多读书。说完递给我一份事先准备好的书单，让我读完一本后再去找他。

回到宿舍，才发现这些书与我的研究兴趣相去甚远，怎么办？问师兄，师兄说，你把内容提要与目录背下来就行了。于是如法炮制，第二周去与宋老谈书，果然顺利过关。就这样过了两个月，不幸的事还是发生了，一天下午宋老让我去谈书，我照例先说提要，再讲篇章结构，不料宋老这次却让我把第三章展开谈，我没看哪会说得出？露了马脚，宋老大发雷霆。

挨了批评，心里很委屈。其实，那些日子我每天都在读书，而且写了笔记。我通过副导师把读书笔记转给宋老，他看后让秘书把我找去，宋老说，那天批评你是我错了，我不了解情况，但你应该把实情告诉我。我说，您是导师，您开的书目我怎敢说不读呢？宋老说，学术上平等，你认为不重要当然可以说；不仅可以说，以后我们在学术上有不同的观点你也可以说，我不是学霸。

的确，宋老是这样说的，也是这样做的。后来我写毕业论文，每当有分歧我就据理力争，只要我讲出道理，宋老会立马说“你是对的，我错了”。同届学友都说我是最敢顶撞导师的人，说我胆大，这哪是胆大，那是宋老在鼓励我独立思考呀。

宋老的学术成就不必说，而我最佩服的还是他讲真话的胆识。我看过一份材料，在 1979 年中央理论工作务虚会上，宋老第一个提出要为刘少奇平反；而戈尔巴乔夫出版《改革与新思维》后，宋老又第一个站出来公开予以批评，并说戈是叛徒。要知道，戈当时还是苏共总书记，说这种话是需要非凡的勇气的。

20 世纪 80 年代末，宋老已年近八旬，可他仍利用参加各种学术会议的机会下基层调研，忧国忧民溢于言表。有一次他从深圳开会回京，我去机场接他，一见面他就破口大骂，说他早餐一碗稀饭竟花了 50 元，这么高的物价老百姓怎么承受得了？之后他就在大会小会讲，呼吁政府要控制货币发行，抑制物价。

宋老在学界德高望重，桃李满天下，但他严于律己，决不以“名”谋私。外界不了解，以为他冷漠，不热情，但其实他对学生历来关爱有加。1991 年我博士毕业，我们那届毕业生工作不好找，而我又偏想进中央党校。中央党校是党的最高学府，政审要求高，几经努力，党校也没有明确答复。

我正欲放弃，党校却突然通知我报到。后来我才知道，是宋老亲自给苏星副校长写了信，并以一个延安老党员的名义担保我政治坚定。那天我在党校组织局见到了苏校长批转的这封信，情不能抑，眼泪哗哗就流出来了。近些年不断有师弟（妹）毕业，90 多岁的宋老还打电话、写信推荐。今天大家一起谈起来，对他无不怀有感激之情。

2000 年后，宋老身体大不如从前，是明显差了。我和天义、省龙时常打电话要去看他，但他却总不让去，说是怕耽误我们工作。有一次师母悄悄告诉我，宋老其实是很希望我们去的，每次接到电话就会独自到楼下去等，有时一等就是半小时。

近几年，宋老差不多就住在医院，我们去看他，他对自己的病痛只字不提，而谈得最多的还是民生福祉。他总说：我太老了，你们还年轻，你们肩负的责任很重，要好好锻炼身体，好好研究，多为国家做些事情。说这话时，宋老眼里充满了对年轻后辈的慈爱与期待。

人生七十古来稀。而宋老今年 97 岁，算高寿。宋老虽然就这样静静地走了，而他的道德文章将如同一柱标杆永远竖立在我们面前。

永远的导师，永远的宋涛，愿您安息！

2011 年 2 月 12 日

夜深忽梦少年事

第五章

少年不知愁滋味

春节回长沙，看到读初中的侄子每天起早贪黑去补课，我在心里总问自己：现在中小学生比我们小时候快乐吗？现在的孩子衣食无忧，论生活条件，比我们小时候不知要好多少倍，但“内卷”压力也大，我觉得并没有我们那时候过得开心。

回想自己的少年时代，无忧无虑，真的是不知道愁滋味。虽然缺吃少穿，但我们却会穷中寻乐。每天一放学，就和小伙伴一起去疯玩。有时候饿了，大家就各显神通，会爬树的去掏鸟窝（蛋），水性好的去湖里捉鱼。然后把劳动果实集中起来，用干树枝生火烤。至今想起来，那滋味仍让我回味。

在我印象中，那时候老师也布置作业，但不多，并不觉得是负担。班主任施老师自己小时候是个玩家，他当老师后也鼓励我们玩，但他要求必须动脑筋，每天要玩出新花样。他总对我们说，会动脑筋玩的学生，读书也不会蠢，长大了才有出息。我没想过长大后会怎样，但同学们确实很愿意动脑筋。

我的小伙伴中，有个同学擅长用弹弓（小石子）打鸟，不是百发百中，但命中率不低。有一次他打下一只鸟，烤熟后大家一起分吃。可鸟小人多，怎么分均匀呢？经过一番讨论，伙伴们让我来分，不过他们说最后一份才能归我。分好后要让别人先拿，我自然不会有私心。

上大学后，一位教授给我们讲罗尔斯的“分粥原理”，我一听，这不是我们小时候想出的办法吗？怎么还是理论原理呢？当时我想，罗尔斯小时候也应该爱玩，甚至有过与“分粥”类似的经历，不然想不出这个原理。当时我也忽然明白了，当年班主任施老师为何说“会动脑筋玩才有出息”那样的话。

的确，会动脑筋玩的人主意也多。有一次期末考试，语文老师划了复习重点，而数学老师却没划重点。同学们一商量，立马想出了对策。我们班共有 37 名同学，每人拿一道题去请教老师，而且专门赶着饭点去，老师急着去吃饭，如果他说这道题先别管，我们就断定不会考。轮流请教一遍，其实也就有了复习重点。

每天一放学，就和小伙伴一起去疯玩。有时候饿了，大家就各显神通，会爬树的去掏鸟窝（蛋），水性好的去湖里捉鱼。

每天一放学，
就和小伙伴一起去疯玩。
有时候饿了，
大家就各显神通，
会爬树的去掏鸟窝（蛋），
水性好的去湖里捉鱼。

那时候，家长对孩子基本上是放养。平时同学间磕磕碰碰，打架受点小伤，父母不会过问。有时自己不小心擦破了皮，在伤口撒把土灰又接着玩。那样野性生长的孩子，胆子都很大。记得有一年秋天，村里一头牛陷入河洲的淤泥里，大人们在一旁使劲吼，让牛爬出来。可牛一动不动，似乎没有求生欲望。我一位同学说：你们老是吼有鬼用，怎不动动脑筋呢？

当时他父亲正好也在场，见儿子口出狂言，将了他一军，对他说：你今天必须把牛救出来，不然看我怎么收拾你。我让他赶紧跑，同学说：跑啥？看我的。他找来一些树条，扎成一个树排，抱一捆茅草，顺着树排爬到了牛屁股后面，然后将茅草绑在牛尾巴上，点上火，只听那牛“扑腾”一声，从淤泥里蹿了出来。

大人们一起鼓掌，夸他会动脑筋。同学得意地说：我这招叫“火烧牛屁股”。后来，他高中毕业后去当了汽车兵，上过战场。他给我讲过上战场的事。前面炮火连天，山下万丈深渊，他每天要驾汽车把弹药送上阵地。我问：你害怕吗？他说：开始有点怕，等上了战场就不怕了。他还说：我们小时候不是也做过不少有危险的事吗？要死一条命，把心一横，怕个球！

难怪陈独秀曾经说，湖南人敢“扎硬寨，打死战”。

想想我小时候的那些伙伴，除我之外，似乎个个都是临危不惧的“汉子”。记得有位同学，一次学校翻建屋顶，他飞檐走壁如履平地。我在一旁被吓得心惊胆战，劝他小心点，别掉下去摔死了。他说：就你胆小，我不怕。你知道不？不怕死的人反而不容易死哩。

10多年前，我在广州见过他。他从建筑工地搬砖做起，后来做了包工头，再后来又成立了建筑公司，自己当了老板。我问他创业有何成功秘诀？他说：没啥秘诀，就是胆子要大，三不怕。我问：哪三不怕？他说：不怕苦、不怕亏、不怕赔。我问：怎能不怕赔呢？他说：要是怕赔就啥也不敢做，大不了从头再来呗。

另有一件事让我记忆深刻。读小学时，老师特别善于发现学生的长处。对学习成绩好的同学，老师会给予表扬；而对那些会动脑筋、有勇有谋的同学，老师也非常欣赏。老师一视同仁，同学们便八仙过海，各显其能。我学习成绩好，可从不觉得自己比别人强；学习成绩差的同学，也不会觉得低人一等。

那时候学生对老师也是这样。对课堂上照课本按部就班讲课的老师，我们敬重；而对那些天马行空、注重启发学生思考的老师，我们也特别喜欢。老师与学生之间亦师亦友，其乐融融。50多年来，每当想起那段快乐的时光，仍让我回味无穷。

听说现在有不少中小学校按考分给学生排名，我不知道为何这么做，是现代社会已经进化到只需会考试的人才了吗？当然不是。牛顿和爱因斯坦小时候考试成绩也不好，而后来他们却成了顶级的科学家，难道我们不应该对现行考试制度作反思？长此以往，我担心学生会被培养成千人一面的“标准品”。

这么说吧。假若现在给我两个选择：一是我少年时代那种尊重个性的培养模式；二是这种单一的标准化培养模式。我会毫不犹豫地选择前者。读者会怎样选择呢？

2018 年 2 月 28 日

天赋为何物

当年我考大学，本来是想学中文。可中学班主任却说我学经济有天赋，让我报考经济系。其实那时我对经济学一无所知，更不知天赋为何物。进大学后读经济学说史，知道约翰·穆勒 13 岁通晓经济学，瓦尔拉斯 14 岁发表论文，里昂惕夫 15 岁成为经济学家。我惊为天人，相信世上真有天赋这回事。

我至今不认为自己有学经济的天赋。中学班主任那样说，大概是因为我算盘打得好。进大学后我终于明白，打算盘与学经济是完全不同的两码事，打算盘算不上什么天赋。不过我确实遇到过对经济学有天赋的学生，是真人真事，就让我以这个学生作例子，说说天赋是怎么回事吧。

我有一个特殊的学生，小名“牛牛”，目前正在读初中。说他特殊，是因为他没有学籍，是我的编外学生。4 年前，牛牛说要拜我为师学经济，我问他为何要学经济。

他说读过我写的《经济学笔谭》与《经济学反思》，对经济学非常感兴趣。他的回答让我半信半疑，牛牛当时不到9岁，怎可能读懂《经济学反思》呢？

对牛牛拜师的恳求，我未置可否。出于好奇，大约一月后的周日上午，我让牛牛来办公室，那天他带了两大本读书笔记，我信手翻了翻，是我那两本书的观点摘抄。我问：你摘抄的观点都能理解吗？他回答能理解。于是我问何为“逆选择”，没想到牛牛对“逆选择”的定义、原因解释得头头是道。

与牛牛那次面谈，给我留下了两点印象：一是他对经济学确实有兴趣；二是他记忆力非凡，回答问题基本是用我书里的原话，经典作家的名句也能脱口而出。当时我想，牛牛的父母毕业于人大经济系，对经济学感兴趣应该是受了家长的影响。可小孩子兴趣多变，今天有兴趣，长大后未必有兴趣，要不要教他我举棋不定。

前年暑期，牛牛打电话说有问题要请教。我问有什么问题，他说假期在北戴河旅游，发现海鲜（餐饮）一条街中间地段顾客最多，不知道经济学怎么解释。我说那是碰巧而已，不是规律。可牛牛说不是碰巧，早一年他在青岛、东山两地也看到过这种现象。后来我出访葡萄牙，有一天在里斯本海边用午餐，果然也是中间地段顾客最多。

回北京后我对牛牛说，你的观察是对的，海鲜一条街中间地段顾客确实最多。并告诉他我愿意收他为徒。牛牛一时高兴，要鞠躬给我行拜师礼。我说别急，在收你做学生前，还得考试一下。牛牛显得有些紧张，他问万一答错了怎么办。我说答案不论对错，要看你懂不懂逻辑推理。牛牛同意，于是我出了下面两道题。

第一道题：西瓜是一个一个的，商家为何不按个卖而要按斤卖？第二道题：矿泉水是一斤一斤的，可商家为何不按斤卖而要按瓶卖？他沉思了片刻，回答说：由于西瓜个头大小不同，不好按个定价，所以按斤卖；而矿泉水不光是卖水，也是卖“方便携带”，可是“方便”不好定价，所以要捆绑在水上按瓶卖。

牛牛的回答让我着实吃惊。我让他如实告诉我，这两道题是不是以前听他爸妈讲过，他回答爸妈没有给他讲过。我问他是怎么想到的，他说假设自己是那个卖西瓜或卖矿泉水的商家，用需求定律推理就想出来了。后来我专门求证过他父母，之前他们的确没有讲过，而且他父母也答不对。我这才意识到，牛牛确有学经济学的天赋。

爱观察是一方面，而且牛牛的好奇心极强，总能在日常生活中捕捉一些有趣的经济现象。有一次陪父母逛超市，看到超市里卖的是山东桃子。他问超市的阿姨：北京的超市为何不卖北京的桃子？阿姨说北京的桃子卖去了内蒙古。他追问：山东和北京的桃子为何都要卖到外地？阿姨说：我怎么知道。这就是牛牛，一旦遇到不解的现象就会穷追不舍，打破砂锅问到底。

认识牛牛的人，都知他爱提问。有一次，一个亲戚（会计硕士）去他家做客，吃饭时他向客人请教：机器折旧要不要进成本？客人说折旧当然要进成本。他又问：沉没成本是不是成本？客人说沉没成本可以不当成本看。他再问：折旧算不算沉没成本？那位客人不能自圆其说，方知掉进了牛牛挖的坑。

牛牛还有一个本领，特别善于化繁就简，守住逻辑主线寸步不移。曾与他讨论过“搭便车”问题，我说有三户居民相邻而居，其中两家买了保险，一家未买保险。有一天发生了火灾，保险公司要不要帮未买保险的那户人家救火？若救就会让这户搭另两户（买保险）人家的便车，那两家日后也不买保险怎么办？

你猜牛牛怎么答？他说，保险公司当然要帮助救火。买了保险，财产损失保险公司可以赔偿；而不买保险，保险公司不负责赔偿。买保险是买“赔不赔”，而不是买“救不救”，没买保险的那户人家怎可能搭另两户买保险人家的便车呢？牛牛肯定地说，我那样提问是移花接木，误导视听，其实是一个假问题。

我教牛牛经济学三年，类似的例子很多，举不胜举。我多次问过牛牛他思考问题有何诀窍。他说自己的秘籍很简单：先将“提问”转换成一个现实例子，然后把自己作为当事人摆进去，再根据特定约束条件用最大化规律作推理。一个11岁的小孩说出上面这番话，不是天赋是什么？不然作何解释？

回头再说天赋。一般来讲，我们说某人有天赋，是指他的记忆力、想象力、推理能力要好过常人。在我看来，一个人的记忆力与生俱来，应该与遗传基因有关；而想象力却是玩出来的，一个不爱玩的孩子，想象力绝不会好到哪里去；逻辑推理当然要靠后天训练，而我教牛牛的，主要是训练推理能力。

牛牛自学能力超强，经济学知识主要靠自学，而想象力则由他自己玩出来。牛牛从不玩电子游戏，而是带着一帮小伙伴用泥巴、树枝、砖头等玩出各种花样来，且长年如此，乐此不疲，这样的孩子怎会没有想象力呢？由此我想，现在有些家长成天逼着孩子刷题，孩子没有快乐的童年，这样做的代价是不是也太大了？

2020年8月7日

兴趣是最好的老师

我认识牛牛时，他只有两岁多。那天我从电梯里出来，看见他独自站在那里，专注地盯着来来往往的行人。我问：小朋友你看什么呢？他见我手里拿着书，反问我：你是不是认识很多字呀？我说是呀。我问他：你认字吗？他说也认字，认得1、2、3、4、5。原来，他是在观察行人中谁认字谁不认字。

一回生，二回熟。那次后我们就算认识了，并知道他叫牛牛，会10以内加法，能背两首唐诗。后来在校园偶尔碰到，他会跑过来和我打招呼。上小学后，大概他认为自己也是读书人了，每次见面都会向我请教问题。牛牛口才好，时常给我讲一些他觉得有趣的事，有细节，也有情节，而且讲得绘声绘色，引人入胜。

牛牛好奇心强，之前他向我请教的问题，大多是来自他自己的观察。比如有的餐厅收包间费，而大有食府（他家附近一家餐厅）为何不收包间费？老师为何喜欢听话的学生？北京买汽车为何要摇号？高速公路平时收费，而节假日游客多时为何反而不收费？诸如此类，他总有问不完的问题。而我告诉他，存在即合理，背后一定有特殊原因，你应该去做调研。

兴趣是最好的老师。牛牛对自己感兴趣的现象，后来真的去做了调研。前篇文章提到，他在北戴河看见海鲜一条街中间地段顾客多，为弄清原因，他特地让父母带他到北京餐饮街中间地段去吃饭。点菜时，他问旁桌的叔叔为何要来这家餐厅。那位叔叔说，找了很多家都差不多，找累了就选了这家。牛牛问：你是说寻找餐厅的收益相同而成本增加了吗？那位叔叔茫然，可牛牛满心欢喜。

后来牛牛写了一篇小文章让我看，他用搜寻餐厅的边际成本与边际收益对消费者为何作居中选择作了解释，行文逻辑清晰，显然下了不少功夫。我告诉牛牛，这是一篇很不错的文章，可用来解释城市化的起源，不过你要继续思考，再多读些书，等将来上大学后写成学术论文发表。牛牛见我赞他，两眼放光，自信满满。他说：我会的，你就拭目以待吧。

听牛牛说过一件事。有一次他随父母去山东度假，路上看见一座低矮的山包上架设了太阳能电池板，而不远处更高的山上却不见有电池板。他问父亲：那座高山上阳光更充足，为何不在那里架设电池板？父亲问牛牛怎么看，牛牛说矮山下面可能有村庄。于是他要求停车，自己爬上一个山头，发现山坳里果然有村庄。牛牛给我讲这件事时，成就感溢于言表。

兴趣确实很神奇。一个人做自己感兴趣的事，往往会很专注，甚至废寝忘食。牛牛就是这样，对自己感兴趣而不知答案的问题，他会反复求证，也会去找书看。我写的书他几乎全读过，而且还每晚在家里开讲座，一张纸不拿，连续讲了一年多。

起先，我以为牛牛对经济学感兴趣是受他父母的影响，其实不是。他母亲说，自己在家里从不主动与牛牛谈经济学，是他自己感兴趣。通常的情况是，牛牛会在餐桌上先引出一个话题，让家里人讨论，等到大家争论得不可开交时，他才出来指点迷津，条分缕析，让听众心服口服。而牛牛非常享受这个过程，他曾多次私下对我发感慨：经济学真是妙趣无穷啊！

牛牛爱玩在学校是出了名的，可考试成绩一直全优，老师和父母只能由着他。他总说，越玩越会动脑筋。每次考试的前一天，父母都会催促他温习功课，可牛牛却照玩不误。有一次父亲对他讲，你明天要考试，今晚就不陪你下棋了。牛牛说你不陪我下棋我也会去玩别的。父亲没办法，只好陪他下棋。结果第二天考试仍得满分，大胜而归。

我问过牛牛，你不复习考试怎能考满分？牛牛说，关键是听课要力求甚解，不懂就要随时问老师。我说上课时你总提问同学们不烦吗？他说同学们不烦，但有的老师会烦。我说老师不喜欢你怎么办，他说读书是要学知识，不是为了让老师喜欢。是的，我讲课时他也总是发问，若不同意会站起来与我辩论。

牛牛对刷题不感兴趣，甚至有些反感，认为那是在浪费时间。可他却特别爱看书，读起书来如入无人之境，物我两忘。每逢学校放寒暑假，他时常到大有书店去蹭书读。书店的叔叔阿姨见他读的是大部头经济学著作，啧啧称奇，不仅让他免费读，还给他提供矿泉水、水果。有位阿姨问他为何不看故事书而看那些经济学书，牛牛答，他感兴趣。

一个 11 岁的小孩为何会对经济学感兴趣，至今我不得而知，也可说是一个谜。不过谜归谜，而牛牛给我们的启示是，对学校和家长来说，激发孩子的学习兴趣恐怕要比灌输知识更重要。如何激发孩子的学习兴趣呢？这三年我通过对牛牛的观察有些思考，当然不一定对，这里说出来仅供家长参考。

任何一个孩子，其实都有自己的兴趣。若父母能及早引导，兴趣也许会变为特长。要提点的是，兴趣无所谓好坏，不要以为爱玩就不好，关键是要鼓励孩子玩得有创意。容国团小时候爱好打乒乓球，后来想出了一种发球绝招而成为世界冠军。是的，一个孩子若能玩出创意来，一定具有丰富的想象力，而且会动脑筋思考。会动脑筋思考的孩子读书怎会蠢呢！

2020 年 8 月 9 日

无须扬鞭自奋蹄

牛牛是个爱玩的孩子，而且玩得特别地用心，可以说是别具一格。从记事起，他从不要求父母买玩具，也不碰电子游戏。我曾问过牛牛：小朋友都喜欢玩电子游戏，为什么你不喜欢？他回答说：玩电子游戏，等于把自己的大脑让别人控制了，玩不出创意来，也完全不需要想象力，所以不喜欢。

原来，牛牛爱玩是有目的和原则的。之前我说过，牛牛对功课会力求甚解，但却不喜欢刷题。假期作业能拖则拖，能少做就绝不会多做。父母多次提醒他，不写完作业会挨老师批评，老师还可能来家访。牛牛说：那你们就担待点吧，重复做那些已经懂得的习题，实在是浪费时间，何况我也不想在表扬声中长大，挨批评或被人误解并不是什么坏事，可以苦其心志。

不要以为牛牛是在为自己找借口，他经得住批评是真的。只要老师批评得对，他会立即认错；要是老师批评得不对，也不会当面顶撞，但他不会听进去。用牛牛的话说，是一只耳朵进，另一只耳朵出。哪怕老师错怪了他，只要不是非议他的人品，也不会作辩解。他父母说，牛牛的性格很温和。而我认为是因为他心大，所以宠辱不惊。

牛牛有句口头禅："这不算事儿。"他一旦玩起来，非常野蛮。上山爬树，下水捉鱼，蹦高跳远无所不能，而且时常会把自己玩得伤痕累累。为掩家人耳目，回家后还得强忍疼痛，装出一副若无其事的样子。可有一次还是被发现了，母亲埋怨他。牛牛却说，大男人破点皮、流点血，这不算事儿。

牛牛给我讲过，他那样疯玩是要有意为难自己，目的是劳其筋骨、强其体魄。比如下雨天放学，别的同学都打雨伞回家，而牛牛却有伞不用，冒着雨一路狂奔，大喊"暴风雨来得更猛烈些吧"！夏天炎热，回家时往往汗流浃背，姥姥劝他赶紧换衣服，小心感冒。牛牛却坚持不换，还振振有词地说：天将降大任于斯人，不经风吹日晒，将来怎成为栋梁之材？

其实，早在 3 年前我就发现牛牛是个胸怀大志的孩子。有一次我们课后聊天，我问他：你学经济学除了自己有兴趣，到底还为什么？是不是想以后长大了当经济学家？他不假思索，很坦然地告诉我：当不当经济学家其实不重要，重要的是学好经济学可以经世济民。一个小孩有这样的志向，确实大出我的意料。

后来听他母亲讲过一件事，我明白了牛牛为何会有这样的想法。大概是 3 年前，一天晚饭后家里人坐在一起看电视（《山城棒棒军》），内容反映的是贫困群体盼望脱贫的故事，牛牛看得泪流满面。看完电视，他独自跑到阳台上静静地站了许久，然后仰天起誓："长大后一定要帮助这些人改变命运。"

牛牛是这样说的，也是这样做的。自此之后，他玩的时间明显减少了，而且还玩得特别有节制。说好出去玩半小时，30 分钟内就一定回家。有时候和伙伴们玩得正起劲，他会突然宣布退出，不玩了。伙伴们不解，问他这么好玩干吗不玩了。牛牛说：就是因为太好玩所以不玩了，我想磨炼自己的意志力。

说牛牛胸有大志，还有一件事可以佐证。他曾不止一次给父母讲：你们望子成龙，让我衣食无忧，长大后我会报答你们的养育之恩，但千万别指望我以后只会为你们俩做事。父母问：那你以后还为谁家做事呢？他回答：我当然是要为天下所有的父母做事。

牛牛立下如此宏愿，其实并不只是因为那次看电视。

他平时酷爱中国历史，自汉代以来的各路风云人物，他讲起来滔滔不绝、如数家珍。也钟爱湖湘文化，对曾国藩、左宗棠了如指掌。他特别崇拜毛泽东，不仅喜欢毛泽东的文章，也喜欢毛泽东的诗词。今年初秋的一天夜里下暴雨，他推开门窗，站在大雨中大声朗诵："独立寒秋，湘江北去……"

因为牛牛有大抱负，所以平时很注重修身。做错了事，不单认错快，而且知错即改。两年前大家一起用餐，可能那天他太饿，刚上一道菜就拿起筷子左右开弓。我在一旁开玩笑说："牛牛是先天下之乐而乐呀。"他立即放下筷子，连声道歉："对不起，对不起。"后来也一起吃过几次饭，他果然变得彬彬有礼，不像以前那样狼吞虎咽了。

另有一件事，可以看出牛牛注重自我修炼，甚至是近于苛刻。前不久随家人亲友去郊游，大人们都住进宾馆，他却自带帐篷，独自在野外露宿。半夜寒气袭来，又冷又怕，可他硬是挺到了天亮。父母问他，你害怕为何不回宾馆来？他说，这是一次锻炼自己勇气的机会，有了这次经历，以后碰到这样的事就不算事儿了。

我曾对牛牛讲：你有为老百姓做事的愿望非常好，可你在城里长大，并不懂得中国的农民，你应该利用寒暑假到偏远山区和农民生活一段时间。牛牛说：我是很想去呀，可爸妈不放心，说要等我长到一米七才能去。并神秘地告诉我，他的压岁钱一分没花，上中学后会约同学一起到贵州山区去学干农活。

“无须扬鞭自奋蹄”。意思是，一个人只要志存高远，用不着别人在旁边催促，他自己也会奋力前行。牛牛的故事是这句话的真实写照。于是我想，写这篇文章对中小学老师和孩子们的父母是否多少有些启发呢？

2020 年 8 月 11 日

不信东风唤不回

“双减”是个老话题，之前一直雷大雨小。7 月下旬，中办、国办发文要求减轻学生作业负担和校外培训（简称“双减”）。8 月，国务院教育督导委员会印发通知，要求每半月通报落实“双减”进度；10 月，教育部召开“双减”试点推进会；11 月，国家市场监管总局等八部委发文：禁止在地铁、公交站台等所属广告牌广告位刊发校外培训广告。

重症下猛药。看来政府这次动了真格，而且不获全胜不会收兵。见势不妙，下半年各类培训机构纷纷收摊散伙。照理讲，拆庙赶走了和尚，中小学生应该减轻了负担。可我最近却听说还是有孩子在校外补课，不过不是去培训机构，而改成了“一对一”辅导。

起初我以为只是个别现象。国庆节回老家，在长沙也听说那里的中小学生在“一对一”补课。耳听为虚，我自己有一个正在读中学的侄子，国庆假期仅休息一天，其余六天皆“一对一”。看他一脸倦色，我说别补课了，邀同学一起去爬岳麓山吧。他说同学都在补课，没时间爬山。

不知现在有的家长是怎么想的。在我看来，整个义务教育阶段皆是通识教育，只要老师照着课本教、学生循序渐进地学就足够了，大可不必让孩子再去参加校外培训；相反，倒是应该留更多时间让孩子们玩耍。要知道，小孩子一起玩耍不仅能强身健体，同时还能培养孩子的想象力和创造力。一举两得，家长何不顺水推舟呢！

这话可不是我说的。1936 年瑞士心理学家皮亚杰就提出，“玩耍有助于孩子的认知发展”；耶鲁大学辛格教授还出版过《想象之屋：儿童的玩耍与想象力》一书；加州大学高普尼克教授经过研究发现，孩子玩耍的方式，与科学家做研究的思维非常相似：观察、假设、推理、实验、求证，让儿童形成了认识世界的因果图像。

校长和家长其实都是过来人，上面的道理不会不懂，既然道理大家都懂，为何要反其道而行之呢？追根溯源，应该是与 20 多年前提出“教育产业化”有关。的确，校长、家长、培训机构是三个不同的行为主体，皆有各自的目标追求，而三方都要实现自己最大化的目标追求，难免会加重学生负担。

先看校长。校长当然希望学生德智体美全面发展，可时下家长评价一个学校办得好不好，看重的却是“升学率”。家长这样评价学校，校长就得抓升学率，而抓升学率，就不得不让学生多做作业多刷题。这样看，学生作业重的责任并不全在校长，家长也难辞其咎。

有个现象不知读者是否注意到：2009 年教育部取消“小升初”考试后，小学生作业负担确实减轻了，可参加校外培训的学生却并未减少。何以如此？有同事告诉我，是“初中升高中”还得中考，如果学生在校外培训机构组织的“奥数”或其他学科竞赛中获了奖，会有几个中学抢录，可捷足先登，家长自然要争取机会。

再看家长。家长无一不希望自己的孩子成龙成凤，明知作业负担过重、校外培训过多会损害孩子身心健康，可谁也不想让孩子输在起跑线上。几年前，曾劝一位当教师的朋友不要逼孩子补习奥数，我说：你自己都不懂得奥数，干吗要难为一个小孩子？而他解释说：中考选拔要加试奥数题，若不早做准备，考不上高中咋办？

我理解这位朋友的苦衷。看到别人家孩子参加校外补习，他不可能不让自己的孩子补习。事实上，校外补习不仅孩子累，家长也苦不堪言。支付高额学费不说，更头痛的是孩子常常与父母闹对立，越逼越厌学。可怜天下父母心。站在家长角度，他这样做似乎也没错。

最后看培训机构。应该说，培训机构是最大的受益者。20 年前，培训机构大多只是拾遗补阙，针对青少年搞一些才艺类培训。可后来慢慢变了，中小学开设的课程，它们也都开设。所不同的是，培训机构会不惜重金请名师讲授应试技巧，教学生怎样猜题、怎样答题才能得高分。

平心而论，培训机构其实也没错。家长希望孩子考试得高分，而作为市场化的培训机构，当然要投其所好，满足家长的需求。不仅如此，培训机构还会不断为家长创造出新的需求。如组织各类考试竞赛，为优胜者颁发获奖证书等。前面说过，有获奖证书的学生可优先升学，于是家长对“获奖证书”也就有了需求。

校长、家长、培训机构都没错，问题出在哪里呢？我曾反复思考过：家长送孩子去校外机构培训，是不是因为校内教学质量差，或是校外培训机构的教学水平更高？再有，招生学校优先录取参加校外培训的获奖者，那些获奖者是否都是不可多得的人才？

我思考出的答案是否定的。事实上，家长送孩子参加校外机构培训，并非校内教学质量差，而是担心中考考题超出教材范围（附加奥数题）；而参加校外竞赛的获奖者，也未必都是人才。我自己大半生教书，高分低能者见过不少。很多人有这种观念，是培训机构宣传造势给人们的误导。

这些天我一直在想：初中不教学生奥数，为何有些地区中考要加试奥数？而招生学校为何要看重培训机构的证书？不能说中间一定存在利益勾连，但多少有为培训机构招揽生源的嫌疑。亡羊补牢，政府不妨再出两道禁令：中考出题一律不得超出教材范围；校外培训获奖者，也不得优先录取。

不信东风唤不回。釜底抽薪，还给孩子们一个快乐的少年吧！

2021 年 12 月 15 日

与牛牛一席谈

前些日子我写“双减”（已收入本书：见《不信东风唤不回》），牛牛在网上读到了这篇文章，打电话约我当面讨论。牛牛上初中后我们见面少，而他又是当事人，有发言权，我也想听听他的看法。于是今天上午我在办公室与牛牛作了一次面对面的对话。

牛牛先是对我那篇文章说了几句客套话，说他赞成我的观点。然后话锋一转，说我对真实情况不够了解，对“双减”也过于乐观。我问真实情况是什么，牛牛说：现在校外培训只是改了花样，作业负担也未减轻，用在刷题上的时间比以前更多。我了解牛牛，他不会说假话，可问题是，怎会出现这种事与愿违的结果呢？

我追问原因，牛牛没直接回答，而给我讲了一个例子。他说：中小学校原先一般是下午 3 点半放学，为了阻拦学生参加校外培训，现在要求学生五点半才能离校。要在学校多留两小时，这段时间学生无所事事，只得刷题，而对那些自觉刷题的学生，老师会明里暗里予以鼓励。

我听明白了。教育部门作此规定虽是无奈之举，但确实存在顾此失彼的弊端，而且时间长了会适得其反。问题在于：即便将来社会上没有了培训机构，学生还会“一对一”补课，“一对一”补课与培训机构补课没有差别。难怪最近有中小学教师抱怨：“双减”已变成学生与教师“双累”。

对牛牛说的情况，我承认自己不太了解。可牛牛说：这还只是表面现象，现在学校和学生都很“内卷”，关键是“中考分流”。听老师讲，“中考”将对初中生分流，50% 可以读高中，另一半只能读职校。而“升学率”是校长的脸面，校长肯定要抓升学率。而要提高升学率，唯一办法就是让学生多刷题。

我同意牛牛的分析。是的，“中考分流”不仅会加大校长压力，也会给家长造成恐慌。于是我问：读职校有何不好呢？牛牛说：我也说不清好不好。可同学们都说，考上高中才有出息，将来可以考大学；有了高学历，才能有机会当公务员。听说现在国家招公务员，至少要大专以上文凭才有报考资格。

现在孩子知道的也真多。我对牛牛说：并非只有当公务员才有出息。三百六十行，行行都能出状元。牛牛反问：假如你家里有孩子参加中考，你说实话，你会希望他考职校吗？这是牛牛与人讨论问题时常用的撒手锏，让你作为“利益当事人”做选择。我只好实话实说：那还是考高中吧。说完，我俩放声大笑。

牛牛说：将心比心，你是这样想，别的家长当然也是这样想。不信你去问任何一个家长，假若他的孩子中考，是否希望孩子考上高中？我赞牛牛分析得对。说来也是，这些年我见过不少官员大讲职业教育如何好、有多么重要，却不见他们把孩子送去上职校。因为他们并不真的那样看。官员自己都不信，老百姓怎会相信呢？

接下来我提出另一个问题。我说：对有些经济条件不好的家庭来说，孩子上职校若能学到真本事，早就业、早挣钱其实也是好事，可你们同学为何不愿意呢？牛牛说：用中考“分数”分流，考不上高中的学生会觉得低人一等；而职校教学水平也明显不如高中，学生上职校后，对自己的前途没有底。

牛牛的话启发了我，让我想到国内师范教育。于是我问牛牛：师范院校专门培养教师，教师是一种职业，师范教育也应该属于职业教育，可人们为何对师范院校没有偏见呢？牛牛说：我老师就是读师范的，我问过她当初为何读师范？她告诉我，师范属于普通教育系列，可以享受北大清华一样的待遇。

牛牛想了想，又说：假若国家规定，每年高考后先让普通院校录取，考分低的学生只能上师范，人们对师范会怎样看？再比如师范院校的学历，如果只有当老师才承认，而改行做别的工作就不承认，读师范的学生是不是也会感到受歧视呢？

没想到牛牛会想得如此深。我竖起大拇指，夸他会思考。他说：我其实就是用经济学的需求定律，把自己摆进去做推理。我说：你会提出问题很好，你是否想到了解决问题的办法呢？

牛牛表情有些犹豫，说：想是想过。但我只是个初中生，没人听我的，也没多想。我问：你想到了什么说说看。他说：对症下药呗。比如中考，让学生自主选择，中职与高中分开考试，都择优录取。若职校也是择优录取，考生不会自卑。我问：还有吗？牛牛说：让职校毕业生同师范学校一样，可以享有同等待遇。

等他说完，我补充了一点。我说：国家财政还应该对职业教育加大投入。前些年，财政对职教的硬件与软件投入都不够，巧妇难为无米之炊，若没有政府支持，职校办学质量不会有大的提升。牛牛说：是的，学生愿不愿意考职校，最后要看毕业后能否好就业，收入高不高，而这取决于职校的办学质量。

我看了看手表，与牛牛的对话差不多进行了一个多小时。说是一次对话，其实我主要是发问，牛牛一直在回答。为了说服我，他中间穿插了不少实例。告别时，他知道我要写专栏，说：我提供一些素材给你，你写完后能让我拜读一下吗？我说：我会先把今天的对话追记下来，写文章我还需要思考。

与牛牛一席谈，于中午 12 点整结束。

2021 年 12 月 20 日

第六章

与改革者同行

回望改革40年

1978 年是中国改革元年，该年 12 月，党的十一届三中全会提出把党和国家工作中心转移到经济建设上来。当时我还是中学生，不完全理解这一转移有何深意，更想不到日后会给国家带来怎样的变化。于今回首，改革 40 年沧海桑田，中国的经济成就举世瞩目。要不是身在其中，恐怕不容易明白中国何以创造出今天这样的奇迹。

说中国经济是奇迹绝非夸张。要知道，1976 年“文革”结束时国民经济已滑到崩溃边缘。1978 年改革开放，百废待兴，不承想仅用 30 多年时间，我们的经济总量就超过了欧洲所有的“先进之邦”，直逼美国，成为全球第二大经济体，请问不是奇迹是什么？中国历史上远有文景之治与贞观之治，近有康乾盛世，但今天这种快速赶超的故事历史上却不曾出现过。自己跟自己比，也是奇迹了。

作为改革的见证人，我自己有亲身感受。1979年秋我考入中南财经大学，入学后不久学校就发给我们布票、粮票、糖票等各类票证。今天的大学生不会明白为何发这些票证，那时候物资供应非常短缺，买商品一律凭票。记得武汉那年的冬天特别冷，我想买件棉大衣过冬，可学校发的布票不够，三个人加起来才能买两件。当时我很不解：中国地大物博，可为何买件棉大衣还要凭票呢？

所幸的是这种状况很快有了转机。过了两年，由于纺织品与食品出现积压，商店不再收布票和粮票，虽然国家未取消票证，但大多票证皆已名存实亡。这中间到底发生了什么事？原来，安徽小岗村农民搞土地承包得到了邓小平的肯定，消息传开，全国8亿农民一呼百应，当年粮棉就获得了大丰产。1981年寒假我回湖南老家，家父告诉我，土地承包后家里打下的粮食除了交足国家和留足集体的，自家剩下的足以温饱无忧。

是的，这就是土地承包的威力，中国的改革也就由此拉开了帷幕。到1983年，改革开始向城市延伸，重点是改革“国营企业”，那时国企不仅归国家所有，而且由国家直接经营：生产照国家计划；产品由国家统购包销。受体制的束缚，国企普遍没有活力。为了搞活企业，起初也是引入承包制，之后又搞股份合作，再后来中央提出建立现代企业制度。

这里要说的是国企改革不同于农村改革，农村改革重点是所有权与经营权分离，而国企改革不单是两权分离，同时还需减员增效。1992 年初《经济日报》刊发《破“三铁”，看徐州》的文章，一度引起轩然大波。所谓破“三铁”，是指取消国企的铁饭碗、铁工资、铁交椅。那时候人们对“三铁”看得重，反对的声音此起彼伏。于是国务院审时度势，用“下岗分流”代替破“三铁”，并设立三道保障线。这样下岗职工有了保障，改革终于有惊无险。

回头看，城市改革从国企下手可谓神来之笔。企业乃国民经济的细胞，改革国企其实就是改造经济的微观基础。经济基础决定上层建筑，基础变了，国家的经济体制当然要变。事实上，从 20 世纪 80 年代初起政府就不断给国企松绑扩权。政府之所以这么做，说到底是国企改革倒逼的结果。从这个角度看，国企改革的意义并不只在搞活国企，同时也是启动整个经济体制改革的点火器。

国企改革一方面倒逼政府改革，另一方面也推动了劳动力市场开放。改革开放前，政府对劳动力流动有非常严格的限制，不要说城乡之间流动，就是城市之间流动也不容易，那时对“流动人口”有一个带有贬义的称呼，叫“盲流”。然而国企改革启动后渐渐有了变化：搞活国企需要减员增效，减员增效需要分流职工，下岗职工再就业又必须允许劳动力流动。这样到 1993 年召开党的十四届三中全会，中央明确提出发展劳动力市场。

读者不要小看了劳动力市场。劳动力是最活跃的生产要素，一旦流动起来就会带动资本、技术、管理等要素流动。1993 年后非公经济异军突起，劳动力市场功莫大焉。我有位学长，1988 年办了停薪留职，先是自己倒腾买卖，劳动力市场开放后便招兵买马办企业，他从国企分流人员中招聘的员工，有人懂技术，有人懂管理，有人携资入股，不出几年企业就办得红红火火，20 世纪末在香港成功上市。

1992 年，是中国改革的又一重要节点。在此之前，理论界虽然已就中国能否搞市场经济展开讨论，可大家的意见很不一致，读者一定还记得当时“有计划”与“吴市场”之争。这年春天，邓小平发表南方谈话，指出“市场经济不等于资本主义，社会主义也有市场”。邓小平一锤定音，后来在党的十四大报告中，中央正式提出改革目标是建立和完善社会主义市场经济体制。

要建立市场经济体制，价格改革绕不开。早在 1988 年，政府就曾试图通过“价格双轨制”进行价格闯关，可那次闯关并不成功。相反，由于同一商品存在计划内与计划外两种价格，结果导致寻租泛滥，民怨沸腾。党的十四大后政府调整策略，将商品价格逐一放开，到 2010 年 95% 的商品改由市场定价，而且要素市场也同步开放，形成了“劳动、资本、技术、管理等生产要素按贡献参与分配”的格局。至此，市场经济体制已基本建立。

党的十八大以来，改革全面提速。随着中国经济进入新常态，习近平总书记提出了贯彻新发展理念与推进供给侧结构性改革的思路。改革效果已经显现，要特别提点的是，供给侧结构性改革不同于以往政府调结构，重点是通过改革让市场在资源配置中起决定性作用和更好发挥政府作用。近期任务是“三去一降一补”，长期目标则是建立供给不断适应需求变化的体制机制。

写到这里，我想再说说中国改革得以成功的经验，主要有三点：一是走共同富裕道路；二是尊重群众首创精神；三是坚持改革发展稳定并重。有人说中国是“渐进式改革”。若“渐进”指“稳健”我同意，不过从改革进展看，我们的步伐并不慢。近距离观察 40 年，我要站起来为中国改革拍手叫好！

2018 年 2 月 15 日

国企改革见证记

这个话题得从 40 年前说起。

20 世纪 80 年代初，农村改革风生水起，家庭联产承包责任制在全国迅速铺开，并取得了巨大成功。1983 年，城市借鉴农村改革经验，启动了国企改革。记得当时社会上流行一种说法："包字进城，一包就灵。"于是中央提出国企改革也推行承包制。

当时我即将大学毕业，正在武汉市经委实习。可在走访企业时我发现，实行承包制后，企业管理层似乎不太重视技术改造，每年全市有 8500 万的技改经费，却很少有企业申请技改项目。何以如此？我请教过技改处处长。他说：搞技改可能影响企业当年利润，若完不成合同规定的利润指标，要扣管理层工资。

带我们实习的是叶远胜老师，叶老师曾在黄石市经委工作多年，对国企情况很熟悉。他告诉我，国企实行承包制的最大弊端，是管理层容易出现短期行为，而且他们只能负盈，不能负亏。企业要是盈利，管理层和职工可增加收入，皆大欢喜；但要是企业亏损甚至破产，管理层是无法给国家赔偿的。

事实不幸被叶老师言中。不久后，许多国企进入亏损状态。1992 年邓小平发表南方谈话后，国企改革再出发，山东诸城市率先实行“股份合作制”试点，一度引起社会广泛关注，并被称为“诸城模式”。之后，海城市也推出了由高管层持股的“海城模式”，辽宁则推出了由董事长独自持股的“兴城模式”。

20 世纪 90 年代中期，对三种模式我曾专程做过实地考察。有趣的是，诸城的企业家说，全员持股在分配上仍未拉开差距，准备向“海城模式”转型；而海城企业家反映，管理层持股仍是吃“小锅饭”，他们要学习“兴城模式”；可兴城的企业家说，由董事长独自持股，容易造成劳资对立，他们想转向“诸城模式”。

那次考察结束后，我写了《三城模式何以转磨》一文，其核心观点：诸城、海城、兴城等三种模式各有利弊，皆需整体改制。在我看来，中小国企已成为地方政府的烫手山芋，“丢不得、留不得、卖不得”。若丢掉不管，职工下岗会找政府麻烦；留在手里，企业年年亏损，财政又无力补贴；而一卖了之，当时政策又不允许。

关于中小国企能不能卖，那时有两种针锋相对的意见：有人说可以卖，而且要“靓女先嫁”；但也有人说卖国企是崽卖爷田，搞私有化。这场争论一直持续到1999年秋天。党的十五届四中全会通过的《中共中央关于国有企业改革和发展若干重大问题的决定》提出：从战略上调整国有经济布局，坚持有进有退，有所为有所不为；推进国有企业战略性改组，坚持“抓大放小”。

中央的大政方针已定，接下来便是国企资产怎么卖。焦点在于，能否按低于企业账面资产的价格转让。当时多数人的看法是，转让价格若低于账面资产，则是国有资产流失。可若按账面资产卖，却又无人买。因为当时有些国企的利润率极低，甚至低于银行利率，有谁会愿意购买低于银行利率的资产呢?

2000年后，上海和北京分别设立了“产权交易所”，国有资产交给市场定价，这个难题总算解决了，于是国企股份制改造随之提速，但大国企仍由国家绝对控股。由于国有股一股独大，同时又带来了另一个难题：董事长与总经理皆由政府委派，而且级别一样，谁也不听谁的，公司治理结构实际上是形同虚设。

当然也有班子团结的企业。1999年暑假，我曾到四川调研，与企业职工座谈时我问：你们企业的班子团结吗？职工反映说：他们太团结了，不过都团结在一起做坏事。东锅集团原董事长江仲生在中央党校学习时，我曾不止一次听他讲“东锅”班子很“团结”，后来东窗事发，他与总经理联手腐败而被依法查处。

这确实是两难选择。班子不团结，会导致企业内耗；班子团结，则有可能出现窝案腐败。怎么办？有学者提出让国企引入民营资本，实行“混合所有制”改革。我非常赞成“混改”，并写文章分析说：国企高管不是真正的出资人，他们是用国家的钱办国家的事；而民企则是用自己的钱办自己的事，他们既讲节约又讲效果。若通过“混资本”来“混机制”，有助于完善公司治理结构。

2013年11月，党的十八届三中全会通过了《中共中央关于全面深化改革若干重大问题的决定》。明确提出要积极发展混合所有制经济。这是个重要节点，标志着国企改革已进入最后的攻坚阶段。近10年，人们对“混改”的分歧不大，虽有少数不同的声音，但改革攻坚战一直在稳步推进。到2020年6月，《国企改革三年行动方案（2020—2022年）》审议通过，毕其功于一役，成就斐然，有目共睹。

作为改革见证人，我亲历了国企改革的全过程，现在应该可以说是“轻舟已过万重山”。然而改革永远在路上，仍然任重道远。写到这里，我不禁想起了毛主席在遵义会议后为红军取得“娄山关大捷”写下的诗句：“雄关漫道真如铁，而今迈步从头越。”是的，中国已经站在从“富起来”向“强起来”跨越的历史关口，改革尚未成功，我辈仍需努力！

最后我再多说一句。这篇短文，是根据我自己的观察与思考，对国企改革历程所作的粗线条描绘，难免挂一漏万或以偏概全。立此存照，旨在鉴往知来，为后来的改革者留下路标与记号。

2019 年 8 月 24 日

我看乡村振兴

中国改革从农村起步，安徽小岗村的农民了不起，20世纪70年代末率先搞土地承包，从此拉开了中国农村改革序幕。时隔40年，中央提出“乡村振兴战略”。从农村改革到乡村振兴到底有何深意？近来多家媒体希望我作解读。研究“三农”问题多年，当然有自己的思考，就写出来与读者交流吧。

让我先从问题切入。请问：30年前中央为何未提乡村振兴战略？而且10年前也未提？不知读者怎么看，我的看法是，那时候还不到振兴乡村的时机。众所周知，中央历来高度重视“三农”，然而解决“三农”问题功夫却在诗外，需要有工业化和城市化带动。

改革开放之初，我国有8亿人口在农村，人均耕地不足1.5亩。试想，在这种典型的二元经济背景下，如果不通过工业化和城市化将部分农民转移进城市，农民怎可能致富呢？

经济发展有不同阶段，当然要尊重发展阶段的规律。300多年前，威廉·配第在研究当时英国农民、工人与船员收入后发现：论从业收入，从事农业不如从事工业，从事工业不如从事商业。20世纪40年代克拉克对配第这一发现做了验证，并提出了“配第-克拉克定理”。

该定理说，由于第三产业收入高于第二产业，第二产业收入又高于第一产业，故劳动力会从第一产业依次向第二、三产业转移。后来刘易斯提出“城乡二元经济模型”，也得出结论说：工业化初期农村劳动力将流向城市。

中国近30年的经验，完全印证了上面的推断。据最新入户调查结果显示，目前我国农村常住人口为5.6亿。这是说，过去8亿农村人口中，已有2.2亿转移进了城市，而且这2.2亿人口都是青壮劳动力。我想问读者，当一个国家农村劳动力大规模流向城市的时候，你觉得有可能振兴乡村吗？显然不可能。这样看，我们就不难理解之前中央为何不提“乡村振兴”了。

以前不提而为何现在可以提？我的解释是，中国工业化已进入中后期，农村劳动力流向已开始发生改变。何以做此判断？请读者注意2008年这个节点，受国际金融危机的影响，当年有2000万农民工下岗返乡。而据有关调研报告，这2000万人后来大多留在农村就业创业，并没有再进城市。事实上，近年来“珠三角”“长三角”频频出现招工难就是一个信号，预示着农村劳动力向城市流动已经临近“刘易斯拐点”。

说我自己的观察。不久前我去贵州六盘水调研，看到有不少企业家到乡村投资。这些企业家之前其实也是农民，进城打工学到技术后自己办了企业。我不解的是，他们为何不留在城市而要回到乡村投资？

我分别访问过其中几位企业家，他们的回答不约而同，皆说现在投资工业已不如投资农业赚钱。这回答我相信是真话。随着工业投资密度不断加大，利润率肯定会下降。经济学所谓“投资收益递减规律”，说的就是这道理。

这是一方面。另一方面，企业家到农村办企业会增加当地农民收入。从选择角度看，这无疑提高了农民进城务工的机会成本。比如过去农民种地年收入为5000元，进城务工的机会成本就是5000元。假定当地农民年收入增加到2万元，则机会成本就上升为2万元。

再有，进城务工不仅背井离乡，而且生活费用也高，假定一年房租和孩子借读费是 2 万元，这样务工收入若达不到 4 万元，进城务工就得不偿失。今天劳动力流动出现“刘易斯拐点”，原因即在于此。

另外从国际经验看，当一个国家城市化率超过 50%，资本、技术、管理等要素就会向农业部门流动。我看到的资料显示，20 世纪 50 年代美国就出现了这种“逆城市化”现象，到 70 年代，欧洲工业化国家以及日本、俄罗斯等国也相继出现这种趋势。

2010 年，我国的城市化率已接近 50%，2016 年底已达 57.6%，由此可见，现在我们实施乡村振兴战略是顺势而为，适逢其时。

以上说的是背景，下面再分析实施乡村振兴战略究竟有何深意。

关于实施乡村振兴战略，中央提出了 20 字的总要求：产业兴旺、生态宜居、乡风文明、治理有效、生活富裕。为此，中央又提出了多项举措：深化农村土地制度改革，保持土地承包关系稳定并长久不变；深化农村集体产权制度改革，保障农民财产权益；构建现代农业产业体系、生产体系、经营体系，培育新型农业经营主体；加强农村基层基础工作，健全乡村治理体系；等等。

或许有人说，以上举措在以前的中央文件中就有，新产业兴旺、生态宜居、乡风文明、治理有效、生活富裕。

产业兴旺、
生态宜居、
乡风文明、
治理有效、
生活富裕。

话不多。可我要提点的是，党的十九大提出的举措与之前的举措虽相同，但含义却不同。

比如保持土地承包关系稳定并长久不变、保障农民财产权益、培育新型农业经营主体等，中央以前主要是对农民讲，是给农民吃定心丸；而中央今天重申，既是对农民讲，同时也是对城市的企业家讲，目的是鼓励企业家投资农业，大胆吸收农民承包地入股，成为新型农业经营主体。

对实施乡村振兴战略的深意，若从近期看，解决“三农”问题是实现全面小康的关键，决胜全面小康当然需要振兴乡村。从长远看，则是引导、支持城市资本下乡，推进农业农村现代化；并通过振兴现代农业，确保国家粮食安全。后一点尤为重要。目前中国是人口大国，如果中国人的饭碗不能牢牢端在我们自己手中，后果会不堪设想。

2019 年 11 月 7 日

政府改革一波三折

（此文写于2014年，2018年政府机构改革大获成功，印证了我当初的判断，不是说政府听了我的意见，而是我事先看出了机构改革的难点，算是有点先见之明吧。）

关注政府改革数十年，实不相瞒，我从未像今天这样对政府改革有信心。并非盲目乐观，我的信心是来自一些可观察到的事实。李克强总理在今年的《政府工作报告》中说，中央政府去年取消和下放416项行政审批，而今年再取消和下放200项以上。此举釜底抽薪，待以时日，政府机构改革将有大成应当无疑问。

时下有一种说法，认为相对国企改革，政府改革滞后了。若从时间序列看，这不是事实。事实是，政府改革与国企改革于 20 世纪 80 年代初同步启动。不是吗？当年国企改革最引人注目的举措是“扩大企业自主权”，说白了，就是政府放权让利，给企业松绑。

从时间节点看，怎能说政府改革滞后呢？若与经济体制转轨相比，也是政府改革在先，中央明确提出建立市场经济体制是 1994 年，而政府改革差不多早了 10 年。

若说政府改革滞后不是指改革时间而是指效果，我赞成。回顾以往的政府改革，动作较大的有七次，且重点皆是改机构。之所以这么做，初衷是想“撤庙赶和尚”，逼政府“瘦身”。然而效果却让人遗憾，机构不仅未明显“消肿”，而且有些部门的人员不减反增。

何以如此？根源是在行政审批。这些年政府改革的经验表明，有审批权与没审批权的部门比，前者人员精简要难得多：一是搞审批要有人手；二是审批权背后有利益，利益所系，当事者当然不愿被精简。

近来媒体纷纷预测，说新一轮官员“下海潮”即将来临。既然大家都这么看，不应该是空穴来风吧？“下海潮”到来的确切时间虽说不准，但苗头已可看得出。

起因是前年底中央政治局颁布“八项规定”，去年开始对官场进行整肃，享乐与奢靡之风已成过街老鼠，人人喊打；接着中办、国办又对职务消费与公务接待做了严格限定。有官员说，如今已“官不聊生”，此说法虽有夸张，但今天的官员不如从前过得滋润倒也是事实。

前些天一位在国家部委工作的朋友来访，一见面这位仁兄就大发感慨，说最近到南方出差苦不堪言。我问何故，他说：以前出差到外地有车接车送，吃、住、行安排得无微不至；现在到了地方既没车接，酒店也要自己住，对方只招待一顿工作餐。

我明白他的感受。这大概就是所谓的“由奢入俭难”吧！是的，过去“京官”到地方公干，地方接待往往隆重其事，前呼后拥；而今天一切自理，前后反差太大，感觉不适应也是自然。

不适应归不适应，不过看中央高层的决心，这情形恐怕今后会成为常态。不仅是公务接待与公务消费，将来公务员的社会地位也会大不如前。不知是否与此有关，据人社部透露，今年报考公务员的人数比去年减少了36.09万。

对此媒体议论纷纷，而我的看法是，人们不愿报考公务员或现有公务员有人要弃官另谋职业，并非坏事，尽可悉听尊便。国人官本位观念由来已久，现在有这种转变实属不易。无心插柳，可看作是中央出台“八项规定”的意外收获，用不着大惊小怪。

然而想深一层，公务员特权被限制，政府改革是否就可大功告成？我想事情不会那么简单。限制特权肯定对精简机构有助，但仅此并不够，关键还在审批权。官员明里的特权被限制了，可若行政审批不改，暗里的权钱交易还会有。

虽说腐败有党纪国法管，问题是权钱交易很隐蔽，法网恢恢也难免百密一疏。有漏网之鱼，自然就有人心存侥幸而去铤而走险。试想，这些年中央反腐的力度不可谓不大，可为何权钱交易仍屡禁不止？说到底，直接或间接都与审批权有关。

据我所知，以往很多人挖空心思进政府机关，福利待遇相对高是一方面，而更看重的还是审批权。明显的，比公务员工资福利好的职业多的是，为啥千军万马要挤独木桥？原因无他，不过是指望日后能掌握审批权，审批权一旦在手，便可呼风唤雨。

想当年，大学毕业后不少同学选择进机关，私下里交流，差不多都是这想法。再说，中国自古就崇尚“学而优则仕”，若“读书做官”是为了报国无可厚非，但也不排除有人是冲着“官本位”去的。所谓“官本位”，其实就是“审批权”本位，要是没有审批权，皮之不存何来“官本位”？

说我自己的一件往事。20 世纪 90 年代初，那时我还在人民大学读博士，而有一同学已在国家机关做了处长。有一年春节我们一同坐火车回老家，到长沙站后我担心赶不上回乡下的长途汽车，就随人流往外挤，那同学拽住我说：“别跟老百姓挤。”我说：“我就是老百姓呀！”他说：“你一个博士，注意点风度。”

没办法，我只好陪他讲风度了。等别人都出了站，我们走到出站口就看到有人举着“接国家某某部某某处长”的牌子，我才恍然大悟，原来他讲风度是有车接他。那天我搭他的便车，一路上感慨万千：大家都说尊重知识，可我一个博士，为何有车接他没车接我呢？

原因不必说，他有审批权而我没有，人家接我做甚？自此我明白了一个道理，若行政审批制不改，机构改革会阻力重重。事实确也如此，看看这些年的机构改革，哪一次不是雷大雨小？仅“大部制改革”就搞了两回，可人员又精简了多少呢？

想想也是，官员不比企业员工，他们大权在握，要精简官员谈何容易？所以我有个判断，除非中央大手压缩行政审批，将审批制改为备案制，让官员无法再以权谋私，不然机构改革会旷日持久，无论怎么改都是新瓶装旧酒、换汤不换药。

可取的办法是：第一，先改“审批制”再改“机构”，绝不能倒过来，否则会劳民伤财、事倍功半；第二，改革审批不是不要审批，该审的还得审，但对审批过程要有监督；第三，究竟取消哪些审批目，要由中央顶层设计，不可让审批者自行决定。

2014年5月26日

贺《经济日报》40岁

古人说“三十而立，四十而不惑”。《经济日报》创办40周年，可庆可贺。回想起来，无论作为读者还是作者，我都与这份报纸有不解之缘，应该写文章送上一份祝福。可想说的话太多，一时不知写点什么好。思来想去，就写写自己与《经济日报》从相识到相知的一些往事吧。

《经济日报》创办于1983年初，当时我正在武汉读大学。那时候大学生很穷，自己订不起报纸，记得有个周末，一位家住武汉的同学带回来一份《经济日报》，那是我头一次见到这份报纸，读过之后，有两点深刻印象：一是邓小平题写报头，感觉来头不小；二是本报评论员文笔犀利，为改革呐喊，先声夺人，极有冲击力。

自此以后，我开始读《经济日报》，也许我母校是财经院校的缘故，同学们皆对《经济日报》情有独钟。学校在体育场旁设了一个阅报栏，每天出完早操，大家会如潮水般涌向那里，而看《经济日报》的人最多，常常水泄不通。我个头小挤不进去，只好先去食堂打饭，再端着饭碗回来读报。不承想，吃饭时看报成了习惯，总也改不了，这习惯应该与《经济日报》有关吧（一笑）。

我硕士研究生毕业前，没给《经济日报》投过稿，1988 年到北京读博士，斗胆寄了一篇文章给编辑部，本以为会石沉大海，结果很快收到编辑来信，约我面谈。那天我到报社后，编辑拿出修改过的稿子让我看，我看稿子被压缩了一半，逻辑反而更清晰了，心悦诚服。此时我恍然大悟，原来编辑约我面谈，是要教我怎样写文章。

有了这次投稿的经历，与《经济日报》的交往渐渐多起来。1992 年我到中央党校任教后，报社领导常来中央党校学习，艾丰、詹国枢、冯并等都是在党校认识的；认识阎卡林是在一次研讨会上，后来我们成了朋友。事实上，在见面之前，我一直在读他们写的评论，当时报纸没有电子版，我将他们几位的文章剪下来，装成了一大本，只可惜后来多次搬家，找不见了。

《经济日报》的评论写得好，在经济界大家是公认的。其实不只是评论，新闻报道对推动改革也有极强的引领性。有件事我至今记忆犹新。20 世纪 90 年代初，国企冗员不堪重负，1991 年底，《经济日报》率先报道了四川企业“安乐死”的新闻，次年 2 月，又连续刊发了一组《破

"三铁"，看徐州》的稿件，后来得到中央的肯定，这一改革举措迅速在国有企业中推广实施。

回头再说我为《经济日报》写稿。前后有两个密集期。大约1999年春，时任报社副总编的詹国枢同志来党校学习，听我讲课后，约我写文章，我以为他只是随口一说，我没当真，也没动笔。后来阎卡林（当时任理论部主任）打来电话，郑重其事邀我在理论版开专栏，说每周一篇，选题由报社定，字数1500左右。我想每周写一篇千字文应该不难，于是就答应了。

可出乎我意料的是，给《经济日报》写专栏并不容易。不仅政治站位要高，政策拿捏要准，而且道理要讲透。一篇千字文往往要来来回回修改多次才能过关。那段时间真的是让我苦不堪言。有时候晚上接到选题，第二天一早就要传给报社，通夜赶稿是常事。卡林总跟我讲："辛苦你了，下次请你喝酒。"可记忆中除了参加会议一起吃过饭，而请我喝酒，好像一次也没有（一笑）。

不过那段时间我其实也有收获，至少知道了怎样给报纸写文章。开门见山，不绕圈子，不写空话套话，这种写作风格就是那时候被逼出来的。后来我在多家报刊写专栏，或是起草领导交办的比较急的文稿，能够从容不迫，得心应手，靠的也是那个时候打下的基本功。

给《经济日报》写稿的第二个密集期，是 2018 年 7 月至 2019 年 10 月。在中国社科院的一次会议上，理论部欧阳优编辑向我约稿，想起当年那段不堪回首的日子，我未置可否。可不久她又打来电话，说阎卡林、齐东向两位主任要请我喝酒。我明白卡林的心思，当时他刚退休，希望我在理论版开专栏，支持理论部的工作。于是我提出来，选题要由我定，每月只写一篇。

就这样，我在理论版“经济讲堂”栏目又连续写了 10 多篇（这组文章已由人民出版社用《中国经济讲堂》作书名结集出版）。这次写文章，编辑部对我没有篇幅限制，可长可短，一般在 4500 字到 6000 字左右。初稿发给报社后，编辑不仅会对引文和数据一一核对，对文字也字斟句酌作修改。说实话，从他们年轻一代编辑身上，我感受到了《经济日报》的蓬勃朝气与使命担当。

往事如烟，我写这篇小文，首先是对报纸创办 40 周年表示祝贺，同时也是想借这个机会，对曾经帮助、提点过我的编辑表达谢意。未来可期，进入 21 世纪第三个 10 年，我们正朝着第二个百年奋斗目标奋进，全面深化改革也进入攻坚期，祝愿《经济日报》青春焕彩，再创辉煌！

2023 年 1 月 1 日

历史是一面镜子

——《领读西方经济史》序

早在数千年前，古老的黄河流域诞生了农耕文化。人们日出而作，日落而息，男耕女织，生息繁衍，创造出灿烂的华夏文明。尧舜禹、夏商周、秦皇汉武、唐宗宋祖，威动海内，四方臣服。泱泱大中国，直到 18 世纪还是康乾盛世，在东方巨人眼里，大洋西面的世界无非蛮荒小国，只配朝圣觐见，以我为师，天国绝不会屈尊向西方学习。

而与我们妄自尊大相反，那些“蛮夷之邦”却从未错过向中国学习的机会。盛唐时期，东瀛使者不畏艰险，越洋而来，他们不仅穿上宽袍大袖的唐服，练习笔走龙蛇的汉字，还带走了朱雀大街的图样、大唐帝国的典籍律令。

与日本人相比，欧洲人好学更是有过之而无不及。中国的四大发明，让他们如获至宝，一批批船队装上罗盘，扬帆东行；商人扔掉鹅毛笔和羊皮，印刷出讨伐暴君的檄文；倒皇派摘下长剑和头盔，用火药枪击溃朝廷军队，建立起共和体制。

对西方的风云巨变，当时的中国一无所知。当麦哲伦环球航行时，明朝嘉靖皇帝却颁布谕旨，宣布“闭关”。清朝一代雄主乾隆大帝也在给英王乔治三世的信中，回绝了对方扩大通商的要求。西方使节送来的火炮、船模、望远镜，被视为奇技淫巧，束之高阁。

英伦三岛的机器轰鸣，美国哈得孙河上汽笛的尖叫，被紫禁城厚厚的宫墙隔开，中西差距在不知不觉中越拉越大。1776 年，英国亚当·斯密发表《国富论》，在书中他指出，忽视海外贸易，闭关自守，使中国的文明停滞了。

鸦片战争的失败，使中国的有识之士猛醒。禁烟英雄林则徐最早睁眼看世界，一片苦心编撰《四洲志》，但未及上达圣听，就被发配至新疆。他的好友魏源，皓首穷经十余年，写成 100 卷《海国图志》，在国内的发行量却不及日本，其“师夷长技以制夷”的思想，让日本人发挥得淋漓尽致，甲午海战以大清舰队全军覆没收场。

著名思想家严复，潜心翻译《国富论》，可大清官员怎听得进洋人的“一派胡言”。维新变法的经济改革政策，呱呱落地百余天，就中途夭折。西风东渐没多久，大清帝国已经荡然无存。

冬去春来，潮涨潮落，诉说着大自然的变化。繁荣鼎盛，人亡政息，折射出人类社会的发展规律。19世纪上半叶，“日不落帝国”还是“世界工厂”，伦敦银行吞吐着天下财富；50年后，美国就通过高速工业化，把昔日的宗主国远远地甩到了身后。

拿破仑叱咤欧洲大陆时，德意志还是四分五裂，一盘散沙，但它以经济统一促进政治统一，通过普法战争成了欧洲新霸；日本在“二战”后脱胎换骨，以产业政策推动经济赶超；苏联改革的列车脱出轨道，卫星上天，红旗落地。

工业革命以来的近300年，世界各国大变革、大竞争、大交流，有的先声夺人，有的激流勇进，有的奋起直追。国际社会，百舸争流，群雄逐鹿，演绎出了一幕幕惊心动魄的人间活剧。

20世纪80年代以前，我们对西方经济发展史，还是以管窥豹。由于种种原因，对西方的经济成就，更是讳莫如深。盲目自大，使我们长期缺乏冷静的观察思考。我们曾以苏联老大哥为师，建立了计划经济体制，认为计划是社会主义独门单方。殊不知早在 20 世纪 30 年代大危机后，美国罗斯福总统推行“新政”，实行国家干预。1936 年，英国经济学家凯恩斯的《就业、利息和货币通论》发表，此后政府调控经济，风行整个西方世界，并创造了数十年的经济繁荣。

我们也曾认为，社会主义和资本主义的根本不同，就在于前者是“一大二公”，后者是生产资料私人占有，却没有看到，“二战”后欧洲各国大搞“国有化”，国家对经济的控制，比起我们来并不逊色。

即使在食不果腹的年代，我们还曾以为，西方国家的人们仍生活在水深火热之中，殊不知人家早就建立了社保体系，福利政策让我们望尘莫及。当我们为既无内债、又无外债沾沾自喜的时候，国际贸易、资本全球流动早已蔚然成风……闭上眼睛捉麻雀，使我们一次又一次地与“历史机遇”擦肩而过。

古人云，亡羊补牢，犹未晚也。改革开放以来，我们冲破樊笼，立足国情，锐意改革，大胆吸收发达国家一切有用的文明成果，国家建设欣欣向荣。近数十年，我们不仅看到了世界的丰富多彩，而且得出各国文明的多样性是人类文明进步动力的结论。

我们不再视西方文化为洪水猛兽，而是大胆借鉴，为我所用。也正因如此，中国的改革才一路顺风顺水，稳步前行。当人类进入新世纪时，中国已洗去百年耻辱，跻身于世界强国之林。

放眼世界，经济全球化风起云涌，面向未来，中国与世界的联系更加紧密。历史行进于此，一次新的发展机遇，正在朝我们迎面走来；但同时也会遭遇到更为严峻的挑战。知己知彼，百战不殆；以史为鉴，可知兴替。因此，我们必须向历史学习。

历史是一面镜子，学习历史是为了观照现实，解决中国的经济问题。当西方经济史中的经典事件，逐一展现在我们面前的时候，那些曾经莫衷一是的理论，举棋不定的决策，功过难评的后果，一定会触动我们的心灵，引发我们对中国经济的深入思考。

如果我们能从西方国家的兴衰嬗变中，从已经发生的经济史实中，得出经验教训，并用以指导实践，我们一定会扬长避短，趋利避害。中国改革的巨轮，也一定会乘风破浪，一往无前。

2013 年 10 月 5 日

围炉夜话

第七章

湖湘文化的意蕴

——《湖湘四典》序

刘汉辉先生策划的《湖湘四典》即将出版，也许是 20 年前我应《湖南日报》之约曾写过一篇推介湖湘文化的文章；又或许我是湖南人，汉辉君才邀我为其作序。人贵自知，文化并不是我的研究领域，没多大发言权。然盛情难却，就说说自己对湖湘文化的所思所想吧。

湖湘文化发轫于先秦楚文化。最杰出的代表，莫过于三闾大夫屈原。屈夫子流放湖湘十余年，心怀“美政”理想，哀民生多艰，上下求索，使湖湘文化尽洗蛮风，登诸华琰。当国家山河破碎之际，屈原怀沙沉江，生作人杰，死为鬼雄。时至今日，“楚人悲屈原，千载意未歇”。

五柳先生陶渊明，不为五斗米折腰，罢官封印，归隐田园。一腔安邦济民的抱负，只能假托于秦时明月，隔世桃源。今人考证，《桃花源记》所述山水是否在常德有争议，但在三湘大地却无疑。也难怪，洞庭湖荷叶田田，水天一色；张家界龙吟细细，风月无边；南岳衡山清峰冷雁，江天潇潇；湘西凤竹滴翠，袖生白云，牵起了多少英雄壮志难酬的归隐梦！

和包拯同朝为官的范仲淹，外御强敌西夏，内施“庆历新政”，却因直言敢谏，仕途三起三落。友人滕子京谪守巴陵郡，重修岳阳楼，嘱其作文以记之。范公虽不能至，心向往之，将神游之笔，付诸浩浩荡荡的长江水，以物我两忘的超然境界，吟出了“先天下之忧而忧，后天下之乐而乐”的千古绝句！

北宋大儒周敦颐，上追孔孟，下续程朱，承前启后，开理学之先河。所著《太极图说》《通书》，“师心独往，以一人之意识经纬成一学说，遂为两宋道学不祧之祖”。濂溪先生酷爱莲之高洁，传世名作《爱莲说》，以花喻人，意谓做人行事，应出淤泥而不染，濯清涟而不妖。

湖湘文化汪洋恣肆，其超拔之处不可胜数。而我最推崇的是“革故鼎新、经世致用”，这不仅是湖湘文化的精髓，也是湖湘文化的魅力。可以说，从古代湖南先人开始，就一直能吃辣椒、会读书，不屑空谈，敢于怀疑古人，勇于推陈出新；且不做书呆子，崇尚学以致用，以学报国。

不是吗？屈原当年因放逐而融于民间，多年颠沛流屈夫子流放湖湘十余年，心怀『美政』理想，哀民生多艰，上下求索，使湖湘文化尽洗蛮风，登诸华琰。

屈夫子流放湖湘十余年，

心怀“美政”理想，

哀民生多艰，

上下求索，

使湖湘文化尽洗蛮风，

登诸华琰。

离，让他建立起“美政”理想。在他眼里，“美政”就是耕者有其田，居者有其屋。到了陶渊明那里，进一步勾画了没有压迫、人与自然和谐相处的图景。

周敦颐的《太极图说》《通书》，既是对孔孟之道的继承，又是对两汉儒学的批判，其格物致知的辩证法，站在了时代文化的前沿。至明清之际的王夫之，倡言“道莫盛于趋时”，强调知行统一；晚清魏源著《海国图志》，提出“师夷长技以制夷”；曾国藩、左宗棠更是率先垂范，投身洋务救国。

从辛亥革命到五四运动，再到共和国肇造，三湘大地英雄迭起，仁者辈出，身体力行，实干兴邦，“为有牺牲多壮志，敢教日月换新天”。难怪钱锺书先生慨言：“中国只有三个半人，两广算一个人，湖南算一个人，江浙算一个人，山东算半个人。”从对中国的影响而言，确有一定道理，但湖南人的影响似乎要更深远些。

湖湘文化的另一个优异特质，是敢为天下先。范文正公不是湖南人，但他的《岳阳楼记》所张扬的忧国情怀，激励着一代又一代湖南人以天下为己任，为国分忧，为民解难。从地理上看，湖南偏居一隅，崇山峻岭，滩河急浚。然而一方水土养一方人，荆蛮之地养育的湖南人，笃实质朴，任勇刚直。正是这种草根文化的滋养，造就了湖湘士人的书生意气、侠义精神。

曾国藩读经入仕，却创造了“无湘不成军”的奇迹；谭嗣同出身书香世家，却能横刀向天笑，甘做变法流血第一人；黄兴、蔡锷则投笔从戎，捍卫民主共和；而从韶山冲走出来的毛泽东，“掌上千秋史，胸中百万兵”，带领共产党人筚路蓝缕，百折不回，缔造新中国，将心系天下的湖湘文化推向了巅峰。

陈独秀曾写过一篇《欢迎湖南人底精神》，文中说，当人们无法过河时，就要造一座新桥。人类文明传统，就是一代又一代的历史人物，艰苦奋斗，创造出来的一座宏伟大桥。他相信，湖南将会人才辈出，为国家兴亡前赴后继。作为湖南人，对此评价我深信不疑。是的，只要湖湘文化继承延续，湖南人就会在国家危难之际挺身而出，扎硬寨、打死战、讲真话、干实事，承载起应负的历史使命。

《湖湘四典》将最能代表湖湘文化的精品名作，用中国传统书法呈现出来，对梳理文脉、传承经典无疑是一种新的探索；而四位书法大家，皆为当代中国书坛巨擘，以古代先贤为文、当今名士为书，文以载道、书以传世，利在当代而功在千秋。难得难得，善哉善哉！

2009 年 5 月 7 日

书法要有古意

——《张智重书唐诗百首》序

智重先生是我同乡，是从洞庭湖平原走出来的书法家。前几天我们见面，说他的新作《张智重书唐诗百首》即将出版，希望我给作序。不知智重是怎么想的，本人在书界藉藉无名，充其量就是个书法爱好者，让我作序难道就不怕降低他作品的分量？

绝不是故作谦虚。近些年每有经济学同行邀我写序，很少推辞；而给书法家作品写序，却让我有一种赶鸭子上架的感觉。对书法自己历来眼高手低，挑剔得很，而且怎么想就怎么说。有一次和太太参观北京某机构举办的书法展，我在一旁评头论足：这幅匠气过重，那幅章法不佳。太太说：你写一幅挂出来试试？我顿时无语。

自己写不出像样的书法却对他人品评苛刻，说起来也是事出有因。告诉读者一个秘密，我习书法并不是先临帖，而是先学理论。中学里开过书法课，可那时候造纸厂“停产闹革命”，没纸张练习，只是听老师讲怎么写。人过中年后“卷土重来”，曾尝试过临帖，可临谁不像谁。心灰意冷，只好转去读书帖。大概是书帖读得多了，久病成良医，渐渐也就形成了自己的审美偏好。

在我看来，上乘的行书作品，首先是笔法要天真，要有古意；要写得出节奏变化，险而不怪。整体布局呢？则应以表达情感为主，视觉上不仅要感觉舒服，更要触人心灵，引发共鸣。我这看法曾私下对智重说过，他认为有几分道理。不管别人怎样品书法，反正我是这样看的。这么说吧，一幅作品要是没有古意，不能打动我，不要说花钱买，就是白送，我也不会在书房里挂起来。

是的，书法是我们祖先传下来的，当然要有古意才对。时下有不少新潮书家，也鼎鼎大名，可从他们的作品中看不见传统，这类作品我欣赏不来，也不喜欢。另外我有一种看法，书法家是用点、线表达情感，属抽象艺术，在情感表达上，无疑要比画家更难些。画家的情感可用画面表现，而书法家却只能用点、线，故对书法作品的高下，我认为还应从情感表现力方面衡量。

颜真卿的《祭侄稿》，书界的朋友都应该临过。此稿大气磅礴，情如潮涌，常常写至枯笔；虽因墨枯再蘸墨，行笔多有停顿，然苍劲流畅，其英烈悲愤之情一泻纸上。10 多年前我在台北故宫博物院见过真迹，不仅能想得出颜鲁公当时书写的样子，也仿佛能看懂了他的内心。鲜于枢称《祭侄稿》是“天下行书第二”，并非恭维话，是实至名归！

回头再说智重。我比智重年长 10 余岁，算忘年交。认识他之前，是先喜欢上了他的作品。经乡友引荐，请他做过我的书法老师。与智重相识这些年，印象里他是一个守旧的人，为人处事，心细如针，有理有节，从不越规逾矩。字如其人，他的书法也“守旧”，属地道的“二王”正脉。金豹先生说智重的作品“不刺激却醇厚，不故作惊人却实在耐看”，这评价很中肯，我有同感。

我推崇智重，还有一个原因。说过了，智重的书法师法“二王”，可谓笔笔有出处；同时也兼具米南宫与孙过庭的风格。重要的是，他写出了自己的气韵，有自己的面貌，一招一式，一板一眼，让人一看便知是他的手笔。这次出版的《张智重书唐诗百首》，独具匠心，他用书法表现诗人的情怀，不仅所选诗作绝佳，书法也极佳。诗书一体，浑然天成，实乃一本不可多得的好书。

2017 年 9 月 21 日

说文风

李景田先生最近撰文，倡导改进文风。好，好，好，我举双手赞成。文风事关党风，中央党校作为干部教育主阵地，若能在改进文风上率先垂范，言传身教，不仅利在当代，也功在千秋。近些年，我自己读过言之无物的文章无数，也听过不少空话连篇的报告。有切肤之痛，对改进文风当然要为文支持。

大约一个多月前，《学习时报》召开座谈会，各路专家济济一堂，大家从不同的角度谈文风，海阔天空，各抒己见。虽然专业各不相同，但有一点却是共识，即改进文风刻不容缓。而我所思考的是，今天国人的文风何以如此。我想到的答案是：利益驱动。

不是信口开河。先说我所观察到的现象。首先是经济学教科书越来越厚。当年我上大学时，教材通常 30 万字左右，可30年过去，今天国内教材的字数差不多都翻了番。是经济学发展突飞猛进吗？非也。就我所知，近30年学者的创新成果并不多，尽管现在每年也有学者拿诺奖，但那都是30年之前的成果。

问题是经济学的研究相对停滞，可教材为何越编越厚呢？这应该是与国内的职称制度有关。就在10多年前，大学里评职称还是比著作字数。谁发表的字数多，谁先当教授。利益攸关，教科书膨胀也就不足为怪了。

另一个现象是经济学者的论文不好懂。翻开经济学期刊，大多数文章写法如出一辙。更麻烦的是文字，不是空洞晦涩，就是滥用数学，外行看不懂，内行不明白。一位在某权威期刊做编辑的朋友说，他们刊物选用的稿件，仅一个半人能懂，假定作者本人懂，责任编辑是半懂不懂。

这说法无疑有些夸张，但当今经济学的论文不好懂是事实。奇怪的是，经济学大师亚当·斯密写的《国富论》，有初中文化的读者就能懂，为何今天经济学者写的论文会那样艰深呢？尤其是那些博士论文，哪怕你是博士，也未必能看明白。

经济学适当用数学我不反对，然而滥用则物极必反。数学代替不了经济学，说上天，它也只是协助推理的工具。一篇经济论文若在理论上无建树，数学用得再深，也不过是花拳绣腿、废纸一张而已。

如此浅显的道理，学者不会不知道。可大家为何不在理论创新上下功夫，而对高深的数学情有独钟呢？其中奥秘我当年一位师兄一语道破。他说数学用得高深，让人不知所云，审评教授看不懂又不好明说，只好网开一面，论文答辩则可轻松过关。

现在有些官员也是如此。这些年，我听过很多官员讲话，其中当然不乏精彩的，但讲空话套话的也不少。令人匪夷所思的是，现在的官员讲话，大多是念稿。几年前我到西柏坡，在党的七届二中全会旧址看过毛主席在全会上讲话的录像，当年毛主席手里只拿一个提纲，讲得神采飞扬。

相比之下，我们现在省、市一级，甚至是县一级的有些官员，讲话都得让别人拟稿。是官员自己水平低吗？未必。我所接触的官员多，从省到县，多数官员其实都能说会道，可一旦作报告，他们就照本宣科、一字不落地念稿。

我曾问过我熟悉的官员，他们说：而今会议多如牛毛，办会单位为提高规格，都请领导到会讲话。领导不是万事通，情况不了解还要讲话，不得已，只能请别人捉刀拟稿。还有官员说：领导要到处讲话，言多必失，为避免讲错话，只好讲空话。空话虽不管用，但空对空，对不了也错不了。可见，讲空话是出于无奈。然而空话讲多了也就成了习惯。习惯成自然，便成了官场一大流弊。

追溯历史，文风问题并非始自今日。早在延安时期，毛主席就曾提出要整顿文风。文风问题由来已久，那么改进文风仅靠发号召怕是难以成事。要改进文风，就得有制度创新。我供职的中央党校，原来评职称的一项硬指标，是比著作字数，攀比之下，学者的文章越写越长。前几年改了规矩，评职称只看代表作，不比字数，于是泛泛空谈无人问津。

另一个例子是中央党校的授课制度。我刚进党校时，每节课是 3 小时，可那时总有教员拖堂，学员怨声四起。后来校委立规矩，限定每节课不得超过 2 小时，并让学员当堂给教员评分。你猜怎么着？拖堂现象有了很大改观。去年我在中央党校当学员，听了一年课，不仅拖堂的少，而且授课质量也非常高，许多教员是朝夕相见的同事，可听他们授课，让我刮目相看。

再说官员的文风。如何让官员少讲空话？办法当然多，但最根本的一条，恐怕还是要立规矩。比如今后官员讲话或作报告，能否借鉴中央党校的做法，让下面听众给打打分？分数可以不公开，但必须反馈给官员本人。当然，听众打分应不记名，记名打分大家不敢说实话，规矩会流于形式。眼下的困难在于，官员给自己立规矩，革自己的命，谁会愿意第一个吃螃蟹呢？

那天我在《学习时报》召开的座谈会发言，斗胆提出了领导讲话要让听众打分的建议，不料与会者都赞成，并报以热烈的掌声。不过掌声归掌声，我知道要真正做到不容易。李景田常务副校长提出中央党校要带头改进文风，万事开头难，能不能迈开这一步，让我们拭目以待！

2009 年 2 月 1 日

说名师

清华大学老校长梅贻琦先生曾经说：所谓大学者，非谓有大楼之谓也，有大师之谓也。大师即名师。何谓名师？顾名知义，是指学富五车、大名鼎鼎的教师。古往今来，写老师的文章很多，而我最推崇的还是韩愈的《师说》。一句“传道授业解惑”，把教师的职责写得淋漓尽致。

我这里说名师，当然不是教人如何出名，而是谈谈什么样的老师算名师，我们当下为何缺名师。这两个话题都很大，仁者见仁，让我说说自己的看法吧。

我眼中的名师，最重要的一点，首先得有真学问。业精于勤，不勤则业不精。名师一定是勤于业的。俗语说，板凳要坐十年冷。若不经过寒窗苦读，腹中空空，无论你在社会上怎样有名，也算不上名师。

当今新闻媒体发达，尤其有了互联网，要出名很容易。比如有的教师不埋头研究，而整天热衷于上电视，有的甚至不惜在网上靠发表骇人听闻的言论来吸引眼球。说起来，这些人名气也不小，可算不上名师。投机取巧，只是浪得虚名而已。

作为名师要有真学问，不过仅有学问还不够。人们常常把教师称为人类灵魂的工程师，教师既不盖房子，也不画图纸，怎会如此形容教师呢？我的理解是：古人讲，修身齐家治国平天下。欲治国，先修身。而教师教书育人，为人师表，当然要在品德方面成为标杆。

尤其是名师，让人仰望的应不止于学术，更是燃烧自己照亮别人的品德，其所求是凡人难以企及的，如奉献；其所不求又是凡人难以割舍的，如功利。名师的学问也许会被后人赶超，但品德却犹如屹立不倒的标杆。

名师的另一特性，是有海纳百川的胸怀。当然，名师有名师的高度，但名师的高度绝不是飞扬跋扈，唯我独尊，而是体现在眼界与境界上。越是名师，就越有谦逊的品行，我读书教书数十年，接触的老师无数，我发现，但凡名师皆有大气度。

我自己的导师宋涛教授就是例子。宋老师从教 70 余载，桃李满天下，可他从不摆学术权威的架子。当年我写博士论文，他提修改意见后总会说，你可以不同意我。有一次我真的对他的意见提出异议，没想到他思考片刻后就立马承认是他错了。试问这不是名师风范是什么？

再有一点，名师所以为名师，就是他（她）与一般老师不同，一般老师主要是授业，而名师除了授业还要传道。当然，授业重要，不授业无以传道，但“业”却又不能代替“道”，“业”是知识、技能，是为“道”做铺垫的。据说一万公斤玫瑰才能提取一公斤精油，若把一万公斤玫瑰比作“业”，那么精油才是“道”。

《说文解字》讲：“道，所行道也。”而师者所传之“道”，应该指道理、道德、道义，这与“道路”何干？拆开想其实也有理。“道”是“首”加上走字边，联想起来，是指头脑走的路径，即思想、思路。所谓传道，直白地说就是教人规律与思维方法。这样看，名师同时也是哲人。

清代有位国学大师，叫王闿运。他把学问分为三等：一为诗文之学；二为功名之学；三为帝王之学。所谓诗文之学，纯粹是文人墨客附庸风雅，无病呻吟；而功名之学，则是为了高官厚禄，顶戴花翎，说白了还是为一己私利；而帝王之学却与前两种不同，为的是天下苍生，江山社稷。

是的，真正的名师，传授的学问一定能造福社会。别的学科我不知，比如经济学，20 世纪末“厉股份”（厉以宁）、“吴市场”（吴敬琏）在国内家喻户晓而成为名师，说到底，是因为他们传授的学问推动了改革。

上文提到了厉、吴两位教授，不是说国内经济学名师就只他们两位；而且其他学科也有名师。不过有个现象值得研究，近些年，高校教师的学历普遍提高了，没博士学位已进不了高校；而论研究条件，更是今非昔比。然而令人不解的是，现在名师却反而少了。

就中央党校来说，历史上曾经是名师辈出。提起杨献珍、艾思奇、郭大力、王学文、何其芳等教员，至今还如雷贯耳，令人肃然起敬。而今天的党校名师虽然有，却是凤毛麟角。这现象怎么解释呢？

我想到的一个原因，主要是官本位作祟。我所认识的不少政府官员，当年其实就是高校的教师，而且是很有潜力成为名师的教师。可惜当他们有点学术成就后便改行从了政，人在官场，不能专心做学问，也不再教书，当然成不了名师。

另一个原因，是利益诱惑。应该说，今天高校教师面临的诱惑实在多，一旦出点名就忙于四处赶场，做独董、当顾问，日进斗金，财源滚滚。久而久之，学问荒疏，低水平输出，这样终究只能昙花一现，与名师无缘。

还有一种说法，认为今天党校名师少，是由于校方推介不力。有这种想法可以理解，但我不认同这种说法。大约 10 年前，校方就曾有意推出几个名师，而我当时就不赞成。我的看法是，名师既不能靠行政认定，也不能靠宣传包装。出名师的关键，是要靠激励机制让教师爱岗敬业，专心学术。

前些天，有一位教授在校内一次会议上动议，说应让党校名师享受副部级待遇。主意虽好，可操作起来难。我的建议是，只动内部分配，比如不突破工资总额而将档位拉开，让骨干教师工资至少再增多五倍。这样避难就易，诸位想想看，其效果是否也与那位教授的办法异曲同工？

2011 年 10 月 9 日

说师道尊严

国人皆说尊师重教。我从教近30年，却并不觉得有多少人真的看重“教师”这个职业。当年大学毕业后求职，同学中愿意教书的寥寥无几，即便选择了教书，后来也纷纷另谋高就。大学同学中，今天还留在讲坛的很少。当然，不是说尊师重教就得去教书，但多数人不肯教书，至少不能说教师地位足够高吧？

细想起来，我们这代人不愿做教师，应该与20世纪60年代的“文革”有关。当时我刚进小学，记忆最深的是有位叫张端云的老师，不是本地人，课讲得好，普通话也说得好，学生家长对她尊敬有加。可有一天有人说张老师丈夫是“右派”，她是“敌特”，不仅遭到粗暴批斗，还被赶出了学校。

像这等荒唐的事，那时候特别多，就连我的导师——

中国人民大学宋涛教授，当年也被自己的研究生揪出来批斗。是的，十年浩劫，礼崩乐坏，学生时代留下的这种阴影，至今挥之不去。

教师传承文明，尊师就是尊重文明。从这个角度讲，全社会都应尊师，维护师道尊严。不过对维护师道尊严，我认为并非只是让人们“尊师”，同时教师也得尊“师道”。“道之所存，师之所存也。”这是说，先有“道尊”才有“师尊”。所谓“道尊”，就是重师德，讲操守，有学识。教师为人师表，三者缺一不可。

是的，教师要赢得学生尊重，首先得自尊，恪守“师道”；否则不尊“师道”，学生也就不会从心底里敬重你。想想看，一个教师不严于律己，道德失范、品性不端，让学生尊重你什么呢？再有，你腹中空空，不学无术，别人还去尊重你，那他岂不成了傻瓜？

今天的教师过去都曾做过学生，从小学到大学，认识的老师应该无数。扪心自问，你为何对有的老师心怀崇敬，而对有些老师却不以为然？答案无他，是因为老师的师德或者学问有高下。

当然，这只是我对“师道尊严”的理解，见仁见智，大家可以有不同的解读。所谓“一日为师，终身为父”，原则上我是同意的；但作为教师，“尊严”得靠自己树立，而且“尊师”也绝非要让学生俯首帖耳，唯命是从。

历史上，孔子就曾主张教学相长，鼓励学生“当仁，不让于师”。而韩愈也讲，师生本是“无贵无贱，无长无少”，彼此平等。这样看，若把“师道尊严”看作教师高高在上，学生只能绝对服从，恐怕就严重曲解“师道尊严”的含义了。

当下有个现象，本来我不想说，但考虑再三还是觉得说出来好。现在有些教师不把学生当学生，而是当作旧时候的徒弟，于是师生就成了师徒。我无意贬低过去的师徒关系，但师生毕竟不是师徒。

师傅带徒弟重在授业（传艺），师傅有绝对权威，而且讲门派，如少林弟子就不得习“武当”；而老师教学生虽也授业，但主要是传道，学生可兼收并蓄、博采众长。还有，徒弟对师傅存在某种依附关系，通常是“三年学艺两年帮”，而今天师生平等，学生不必替教师干私活。

我这样指出师生与师徒的分别，并非刻意抠字眼，我想表达的是，老师不同于师傅，在学术上，老师不能唯我独尊。若学生与老师见解不同，老师不可压制学生；学生质疑老师的学术观点，也不算冒犯“师道尊严”，不能给学生扣“不尊师”的帽子。

教师是应该有这种胸怀的。古人讲，“弟子不必不如师，师不必贤于弟子。闻道有先后，术业有专攻，如是而已”。外国人也说，“我爱我师，但更爱真理”。其实，用科学态度对待学术，不以身份论对错，这才是真正“道”的要求。

我所知道的，亚里士多德是柏拉图的学生，可他创立的哲学体系与老师截然不同；凯恩斯是马歇尔的学生，但他提出的理论却突破了新古典框架；梁启超是康有为的学生，但后来却接受民主共和的思想。这些人无一不感怀师恩，无一不尊敬自己的老师。

说我自己的例子，当年跟宋涛教授读博士，每次上课，宋老总说“你可以不同意我”，起初以为是客套。有一次，他帮我修改论文，而我却告诉他对某些修改不赞成，结果你猜怎么着？宋老说：“你是对的，我错了。”那时那刻，我对宋老的崇敬油然而生。

这是一方面。另一方面，教师不同于师傅，不得视学生为雇员。换个角度说，学生不给老师干私活也不是不尊师。君不见，近些年一些高校教师不愿给学生上课，但却热衷到处拉课题让学生干活。在教师眼里，学生就是打工仔；而在学生眼里，老师就是包工头。

我曾在多个场合听到过这种议论，甚至有学生称自己导师为“老板”。也难怪，学生替你干活，你给学生工钱，你不是老板是什么？问题是学生一旦把你当老板看，原本的师生关系，就变成了雇佣关系。请问，你作为教师的尊严何在？

教师是有尊严的，而且教师的尊严是神圣的。写到这里，我想说的还是那句话，教师固然需要他尊，但更需要自尊。“师道尊严”不是保护伞，不要指望强调“师道尊严”就能守住做教师的尊严，若是那样想，就大错而特错了。

2010 年 7 月 11 日

说讲课艺术

讲课到底有没有艺术？我的看法是当然有。虽然一堂课讲得好不好，首先要看教师是否有思想，能否对听众有启发，但这并非说口才就无关轻重，相对思想性，口才的确在第二位，不过，一个教师要是既有思想，又有口才，两全其美岂不善哉？

我们都曾做过学生，撇开大学不说，从小学到中学，为何有些老师讲课学生爱听，有些老师讲课学生不爱听？照理中小学老师讲的都是教科书，是传授知识，彼此思想性不应有太大差别，可受欢迎的程度为何会不同呢？

个中原因，是讲课艺术有高下。其实不只是教师，日常生活中这样的例子多的是。如领导作报告，同样讲经济形势，有人讲得妙趣横生，而有的却让人昏昏入睡。我曾听过朱镕基总理的报告，单论讲话艺术，我认为无可挑别。最近《朱镕基答记者问》一书正在热销，不信你再读读看。

实不相瞒，年轻时我十分留意别人的演讲技巧。大学期间，曾读过不少名人的演讲录，不是我追星，而是他们的演讲实在有感染力。我也曾试图寻找规律，苦思冥想，可直到毕业仍不得要领。

所幸的是，读研究生时我的导师王时杰教授口才好，操四川口音，说话抑扬顿挫。而他最大的特点，是讲问题总能化繁就简，并恰到好处地举例子。也是巧得很，那时我正好看到卡耐基的一本小册子《语言的突破》，一夜间大彻大悟。我今天的讲课风格，自认为是得益于《语言的突破》的提点，当然更多是王时杰教授的真传。

其实说起来，讲课艺术并不神秘，不过由于人们审美情趣不同，对讲课艺术难有统一标准。就像写文章，文无定法，我们很难说清一篇文章要按什么标准写，但一篇好文章，却往往又能得到读者的公认。

讲课亦如此，虽无统一标准，但我认为有三条最要紧：1. 三个清楚：想清楚、写清楚、说清楚；2. 深处求新，浅处求胜，通俗地讲就是深入浅出；3. 掌握节奏，推动互动。字面看，这三条简单得令人吃惊，但要做到出神入化却非一日之功，需反复操练。为表达方便，让我分点谈。

三个清楚，是对教师讲课最起码的要求。不能想象，教师自己没想清楚的问题，会给学生讲清楚；退一步，即便教师想清楚了，那也未必能讲明白。因为从想清楚到说清楚，中间有个环节就是写清楚。

今天教师上课为何要提前写讲稿？我想这不单是为了方便学生预习；更重要的，是要督促教师把问题想透彻。当过老师的人都应该有这样的经历，有时某个问题自以为是想清楚了，可一旦落实到纸上，却发现写不清。写不清怎能说得清呢？

有个现象我想顺便要说一下。当下很多教师讲课只注重 PPT（课件），却不重视写讲稿。事实上，讲稿比 PPT 重要得多，写讲稿的过程，本身就是研究过程，不下功夫写讲稿，研究做得不扎实，PPT 再花哨有何用？徒有其表，课不可能讲得好。

经验说，教师即使能把问题百分百讲清楚，学生也只能理解 90%；教师若只讲清 90%，学生则只能理解 70%；教师要是一知半解，那么学生一定是茫然不解。由此看，教师要讲好课，写讲稿绝不可敷衍，只要讲稿真写得好，哪怕你在讲台上念，也不会差到哪里去。

所谓深处求新，浅处求胜，是说在写讲稿前，研究要深入，要勇于求新；但在写讲稿或讲课时，语言要浅白，要通俗易懂。牛顿说过：把简单的问题复杂化，可发现新领域；把复杂的问题简单化，可发现新定律。

研究问题从简单到复杂，想得愈深入愈好，但讲课相反，表达则是愈通俗愈好。大家去看看《毛泽东选集》，看看《邓小平文选》，是不是一读就懂？其实毛主席讲“枪杆子里面出政权”；邓小平讲“黄猫、黑猫，只要捉住老鼠就是好猫”，语言虽朴实无华，道理却博大精深。

关于通俗化表达，我自己的体会是要把讲理论与讲案例结合起来。一堂课从头至尾讲理论，会显得沉闷；但通堂都讲案例，又会让人感觉肤浅。还有个技巧，就是要善于用小案例来讲大道理，比如亚当·斯密讲分工理论，用的就是工厂制针的例子；科斯讲产权理论，用的是工厂排污的例子。别看这些例子很平常，但你若能用好这些例子，讲起课来将有如神助。

最后说节奏与互动。记得卡耐基说过，成年人集中注意力一般每 15 分钟为一个单元。意思是说，超过 15 分钟，人的注意力会分散。既如此，教师讲课就得把握这个节奏，每过一刻钟，不妨放松一下，或讲个笑话，或插入一个小故事。不过笑话与故事要紧扣讲题，不得游离太远。

至于推动互动，办法很多，既可向学生发问，也可让学生提问。不过这并不是最好的互动形式，想当年，朱镕基总理来中央党校讲课，就不曾让学员提过问，可大家不时报以热烈的掌声与会意的笑声，这其实也是互动，而且是最高境界的互动。

并不是说大家都得去仿效朱总理，他的演讲极富个人魅力，别人想学也未必学得来。本来，教员讲课就是为了传道，只要能把问题讲清楚，学员爱听，一切管用的讲课方式应该都是艺术。这样看，东施效颦大可不必，也用不着把讲课艺术看得太神秘而作茧自缚。

2011 年 7 月 8 日

说从政经验

我参加中央党校中青班学习一年，学员党支部举办从政经验交流会，人人得发言。本人 30 岁前读书，30 岁后教书，不曾从政，当然谈不上有从政经验。所幸在党校任教，接触的官员多，耳濡目染，对从政有粗浅认识；加上主理经济学部 5 年，虽不算从政，但与从政也异曲同工。这里就说点自己的看法吧。

作为一个单位的领导，若是做某件具体的事情，可以单打独做，但要做一番事业，则不可事必躬亲，个人再有能耐，也不能包打天下。比如搞教学，作为经济学部的头儿，我可以精心备课，把自己的课讲好，但要提升经济学部整体教学质量，靠我一个人点灯熬油，怕也是力不从心。俗语说，众人拾柴火焰高。只有把大家都调动起来，事业才能红红火火。

谋事先谋人。问题是人乃万物之灵，有思想、有情感，偏好不同而且性格各异，凝聚人心谈何容易？不过，人的行为也并非无规律可循。人是理性利己的，存在追求利益最大化动机，那么要调动人的积极性，就必须贯彻利益原则。当然，这里的利益不仅仅是金钱，还有荣誉、职称、社会尊重等。

实不相瞒，我个人的管理经验，是来自美国学者卡尼曼的前景理论。卡尼曼 2002 年获诺贝尔经济学奖，其主要理论可归结为以下三大定理。

第一定理：幸福是一种主观感受，人们的幸福程度与比较的参照有关。

第二定理：人们失去利益的痛苦，远远大于得到同等利益的快乐。

第三定理：面对损失人们偏好风险，而面对收益则会规避风险。

说幸福来自比较的参照，我认为不会错。幸福虽与金钱有关，但有钱未必就幸福。卡尼曼曾做过调查，20 世纪 70 年代，美国人的收入比战前多了 3 倍，但今天美国人并不见得比战前幸福。

我个人早年在乡下种地，面土背天，煞是辛苦，但那时只要能吃饱肚子，就会觉得幸福。因为那时经常挨饥抵饿，对比的是穷日子。现在我做教授，月入数千，比之从前心满意足；但若硬要我去跟那些日进斗金的明星大腕比，岂不郁闷得要跳楼？

从管理的角度看，给我的启发是，一个团队要和谐，不必动不动就对比先进找差距。对能力较弱的，要看到他的进步，只要有进步，哪怕微不足道的进步也要充分肯定。一个成功的管理者，要善于引导下属只与自己的过去比，这样反而能激发人们的进取心。想想吧，为何现在很多外企的工资不公开？其实，雇主就是为了避免横向攀比产生不必要的摩擦。

卡尼曼的第二定理说，失去利益的痛苦要大于得到同等利益的快乐。这样的例子比比皆是。春节时大人给小孩100元压岁钱，小孩会高兴，但若有人把100元拿走，小孩会号啕大哭。成年人其实也是如此。每年涨5%的工资大家高兴，若每年减发5%的工资，一定会怨声四起。

想当年，农村改革顺风顺水，亿万农民一呼百应，可为何至今政府机构改革步履维艰？答案简单，因为前者能解决农民的温饱而农民无损失；后者却让官员下岗，伤及切身利益自然要遭到抵制。

由此引申到管理层面，给我们的启发是，管理一个团队，要尽可能照顾好各方的利益。除非不得已，别轻易损害下属的既得利益。惩罚不如激励，与其扣工资，不如给干得好的人加奖金。总之，要少动利益存量，多用增量激励。即使要扣某人工资，事后也要设法通过其他方式予以补回。比如当事人工作若有改进，就不妨借梯上楼，奖励他一下。

第三定理，同样无可置疑。是的，人们面对收益时，会变得谨慎，而面对损失，会偏好冒险。我记得读小学时，老师时常表扬的学生，个个都很自信，后来大多都有些作为；而那些经常遭老师批评的学生，久而久之就自暴自弃，破罐破摔。

管理下属也应该这样，要多表扬，少批评，尤其在公开场合批评下属，是大忌，能避免则避免。曾有报道，下属因受不了上司的批评而寻短见，有的甚至铤而走险枪杀上司，血的教训，应当吸取。

当然，这并不是说管理者要做和事佬。适当批评是应该的，也是必要的。不辨是非、和稀泥，对事业也不利，不过，展开批评要讲究方式，我认为批评的底线在于，最好不伤及下属的自尊。

以上是一个书生的“从政经验”。我姑妄言之，读者诸君就姑妄听之吧。

2008 年 5 月 15 日